不埋没一本好书，不错过一个爱书人

村上春树的别样魅力

むらかみ はるき

明朗的春树
与
晦暗的春树

[日]原善 著 魏大海 侯为 译

金城出版社
GOLD WALL PRESS
·北京·

图书在版编目（CIP）数据

村上春树的别样魅力：明朗的春树与晦暗的春树/（日）原善著；魏大海，侯为译.—北京：金城出版社有限公司，2020.1

ISBN 978-7-5155-1914-2

Ⅰ.①村… Ⅱ.①原… ②魏… ③侯… Ⅲ.①村上春树－短篇小说－小说研究 Ⅳ.①I313.074

中国版本图书馆CIP数据核字（2019）第245336号

村上春树的别样魅力：明朗的春树与晦暗的春树

著　　者　〔日〕原　善
译　　者　魏大海　侯　为
责任编辑　雷燕青
责任校对　李　涛
开　　本　880 毫米×1230 毫米　1/32
印　　张　8
字　　数　148 千字
版　　次　2020 年 1 月第 1 版
印　　次　2020 年 1 月第 1 次印刷
印　　刷　天津丰富彩艺印刷有限公司
书　　号　ISBN 978-7-5155-1914-2
定　　价　68.00 元

出版发行　**金城出版社有限公司**　北京市朝阳区利泽东二路 3 号　邮编：100102
发 行 部　（010）84254364
编 辑 部　（010）84250838
总 编 室　（010）64228516
网　　址　http://www.jccb.com.cn
电子邮箱　jinchengchuban@163.com
法律顾问　北京市安理律师事务所　（电话）18911105819

译序

村上春树，1949年1月12日生于京都伏见区。毕业于早稻田大学第一文学部演剧科。其第一部作品《且听风吟》获得日本群像新人奖，1987年第五部长篇小说《挪威的森林》长期热销，至2010年在日本已销售上千万册。村上的小说被翻译成多国文字出版，拥有众多的外国读者。在中国，也是知名度最高、最畅销的日本作家。村上春树最初的作品风格深受美国现代文学的影响，他曾明确表示自己很少受到日本近现代文学的影响。这种说法趋于极端，却是对的。20世纪80年代前后，日本曾出现一批别具特征、极具影响力的作家，除村上春树外，还有岛田雅彦、村上龙、山田咏美等。应当说，创作生命最长、影响力最大的是村上春树。其代表作品，除了前述《挪威的森林》，还有《海边的卡夫卡》《舞！舞！舞！》《1Q84》和2017年2月出版的两卷本长篇小说《刺杀骑士团长》（小说上卷命名为“念头显露篇”，下卷命名为“隐喻改变篇”）。新作中译本，首印即70万册，作品涉及侵华日军的暴行。在接受《朝日新闻》《读卖新闻》《每日新闻》等多家日本主流媒体采访时，村上春树指出，试图忘记或涂改历史的行为是错误的。2019年5月，村上春树在《弃猫，提起父亲时我要讲述的往事》中公布，其父曾是“侵华日军”，名叫村上千秋。村上的父亲是国语教师，有意识培养村上对日本古典文学的兴趣，村上却未能入道而对西方文学情有独钟。但潜移默化的民族文学影响，仍是他日后钟情于文学创作的原因。

学生时代，村上春树曾是一个“问题少年”。但文学素养却很高，经常在校刊上刊文，还翻译自己喜欢的美国惊悚小说。村上春树还疯狂地迷恋爵士乐，对爵士乐的痴迷延续至今。这些在其文学作品中时有表现。1981年以前，村上春树一边做着文学梦，一边也在开酒吧。之后酒吧转让，走上了专业作家的道路。1985年10月，村上春树获第21届谷崎润一郎奖。1987年1月开始滞留意大利西西里岛、罗马等地。发表了一些重要译作如波尔短篇《文坛游泳术》（载于《文学界》）。3月，赴博洛尼亚。4月，赴法国的科西嘉岛和希腊的克里特岛旅行。6月回国。7月，波尔短篇译作集《世界尽头》由文艺春秋社印行。9月，重赴罗马。10月，参加雅典马拉松赛。1988年2月，发表《罗马哟罗马，我们必须准备越冬》（载于《新潮》）。3月，赴伦敦，翻译托尔曼的《忆伯父》，由文艺春秋社印行。

如上经历的简单描述，证明了村上春树与欧美社会、自然、文化、艺术乃至文学的紧密关联，其后的创作特征显然有别于日本近现代文学主流性的写实主义纯文学传统，倾向于受到欧美文学影响的超现实主义或后现代主义。在大家的印象中，他始终是那个喜欢跑步的、充满活力的小伙儿。村上春树似乎永远是青春的代名词。有人说，他永远是一个老男孩，他的小说是写给那些青年看的，或者说写给那些心里住着青年的人看的，还说村上春树给我们很多青春的真相，同时归纳喜欢村上小说的五类读者：20岁上下的年轻人；喜欢静处的人；孤独的人；有一点小幼稚的人；喜欢喝点儿小酒、喜欢猫的人。村上觉得猫是神奇的动物，写作的时候看见猫，自己的灵魂就突然安静下来。

村上春树作品中的主人公常常是社会主体人群之外的“边缘人”，他们几乎都不去公司上班，不求出人头地，不想升官发财，更没有什么远大理想，只是蜷缩在自己的小房间里喝啤酒、听音乐、看外国小说，但并非与世隔绝，只是与外部世界保持不远不近的距离。与此同时，此般人物又体现出某种特立独行的自尊、傲骨或应付浮躁驳杂世界的淡泊与从容，对物质的漠视、超脱以及对世俗或市侩的反感与拒斥。日本文学论者岛森路子说：“是我非我，是现实非现实，是虚构又非虚构，精神视野中有而现存世界中无却又与生活在现代的我们每一个人息息相通——村上春树一直在写这样的现代神话。”这个评说何其准确。

村上春树陆续获得了许多重要的文学大奖，除前述谷崎润一郎奖，《奇鸟行状录》获第47届读卖文学奖。2006年年初，《海边的卡夫卡》入选美国2005年十大最佳图书，而后又获弗朗茨·卡夫卡奖。2009年，长篇小说《1Q84》BOOK1、BOOK2出版，获耶路撒冷文学奖。同时《1Q84》还获得日本第63届每日出版文化奖（2009年）。2011年，村上春树荣获西班牙卡塔龙尼亚国际奖。2011年，访谈录《和小泽征尔谈音乐》的出版还使之荣获第11届小林秀雄奖。2015年获丹麦最高文学奖——安徒生文学奖。

2017年，诺贝尔文学奖的获得者是旅英日裔作家石黑一雄。村上春树一直是诺贝尔文学奖获奖热门人选，但一直“陪跑”多年。在村上作品的译者林少华看来，村上春树获诺贝尔文学奖是迟早的事，“他的作品很大程度体现了‘诺奖’审美标准的理想主义倾向”。林少华也调侃道，村上春树几乎拿遍了除诺奖之外的所有世界性文学大奖，在世界各地还获得了巨额的版权回报，拥有众多粉丝，可谓要名有名，要钱有钱。

“再给他诺贝尔文学奖，别人还活不活？”这句打趣的话，没准儿倒是村上春树难获诺贝尔文学奖的一个心理性原因。

2019年诺贝尔奖基金会恢复了诺贝尔文学奖的颁发（2018年因故停止），一并选拔出2018年与2019年的两位得主。根据创立者的遗嘱，诺贝尔文学奖奖金授予“最近一年来在文学方面创作出具有理想倾向的最佳作品的人”。名单公布之前，村上春树的书迷觉得应该给他这样的名誉了。不利的因素想必在于，2017年的获奖者虽是英国国籍，用英语写作，却是日裔。在某些人眼里他就是一个日本人，他讲述的故事也与日本或者说他潜意识中的日本有着神秘的联系。那么连续将诺贝尔文学奖颁发给日本人或有困难。好在2019年将有两位作家获奖，陪跑者村上春树轮也该轮到了吧。可结果又令我们失望了，村上又一次错失诺奖。有人说村上的作品永远写给青年人，永远是青年读者的最爱。成也萧何，败也萧何。有人说从体现作家文学理想的角度上讲，村上春树的文学尚嫌稚嫩。这个说法或有一定的道理，实际上却是站不住脚的。文学就是文学，文学可以反映社会性的大众理想，却没有可能将大众理想的表达作为创作的主旨。文学一定是以表现作家自我为根本的，哪怕是村上春树厌弃的日本“私小说”作家那种绝对写实性的自我表现。村上厌弃“私小说”，但他的创作中究竟有没有那种传统的残余，其实也是值得探究的问题。这里强调的只是，对于村上春树这样一位关注青春问题、关注自我与社会问题、关注欧美文学艺术与日本文学艺术之融合的广受读者关注与喜爱的作家，没有文学“理想”的理论是站不住脚的。村上春树每部作品体现的是怎样的文学理想？读者可各自探寻找出结论。

总之，不妨做出大胆的预测，作为这样一位备受关注的世界性作家，尽管未能获得2018、2019年度的诺贝尔文学奖，但2020年、2021年……反正不远的将来，村上春树还是有望成为日本第三位诺贝尔文学奖获奖作家。这或许也是本书著者原善教授的想法和期待之一。其次需要强调的是，本著作者长期从事文学研究与教学，乃资深的日本文学研究者。他的研究方法别具一格，并不拘泥于日本传统式的考据，也不受制于西方式的文本解读。文本解读自然是他的长项之一，但他似乎是排斥绝对工具论的。其文学研究将长期以来的文学感受性、鉴赏经验与文本解读融合到一起，常常给读者以茅塞顿开的文学启示。著者选定村上春树这样一位作家为研究对象，除了喜好也必然关联于他的前述判断，即认定村上春树是称得上“诺奖作家”这样一个称号的，他无疑也有自己一个时间性的获奖预期。

最后，著者没有选定村上春树的长篇代表作作为研究介绍的对象，却选了相对被人忽略的“超短篇小说”。正像他书中反复强调的，除希望读者更多、更全面地了解村上文学之外，还有一个非常重要的期待，亦即通过他的研究了解到，其实这些超短篇小说正是村上春树那些长篇力作的雏形或起点。了解村上春树超短篇小说的内容、关注点和创作方法，将有助于更加深入地解读、领会、鉴赏村上春树脍炙人口的经典长篇。

在诺贝尔文学奖的评选问题上，期待村上春树、本书著者、林少华先生和广大村上文学爱好者如愿以偿。

魏大海

序言

2009年开始的《1Q84》热潮形成加速的势头，关于村上春树的研究、参考、解谜之类的书籍随处可见。即使形容为"烂大街"也不算夸张。多数书刊早已过了保鲜期。其中有些书的编辑出版最初就是拙劣的，以为冠"春树"之名就能热卖。还有不少书刊，假托"春树"喋喋不休地大谈特谈自己的音乐鉴赏或全共斗[1]体验，简直令人作呕。

当然也有一些书刊意趣深厚使人获益匪浅。不过可以推测，在春树读物铺天盖地的背后，其实有很多读者急需有人为他们导航。因为许多读者被卷入"春树热"并购阅了《海边的卡夫卡》或《1Q84》，事实上却如堕五里雾中。也就是说，

1 1968—1969年发生在日本的学生运动。全共斗是除革马派以外的8派（核心派、社学同、学生解放战线、反帝全学联、社会主义学生战线、第四共产国际日本委员会、无产阶级学生同盟、共学同）与各大学的全共斗组成的全国学生统一团体。在1969年1月的东京大学学潮中开始形成。

春树的小说世界虽饶有趣味，但贸然进入其超长篇小说的世界，迷途的危险性极高。

如此，“春树书”泛滥的现象不难理解。那些书刊几乎皆以村上春树的长篇作品为对象，而每部作品皆有诸多难点。作者试图阐明自己都云里雾里的作品，反倒采用了更加晦涩的词语。迷路人拿着语焉不详的道路指南，岂非荒唐可笑?

偶尔也有例外，遇见针对短篇小说的“春树书”，也只是单行本标题之类的代表作解读罢了。在浩瀚的春树作品中，成为解读对象的作品少之又少。尤其是本书涉及的“超短篇”作品几近于无。

真正将村上春树全部作品纳入视野全方位进行点评的只有《村上春树作品研究事典》（鼎书房）。本书并非论及村上春树所有的“超短篇”小说。但在“超短篇”特殊划分的意义上，本书具有充分的独创性。

当然并不意味着稀奇就好。

村上春树一面创作严肃的长篇小说，一面又以“村上朝日堂”为号持续刊发笔触轻松的随笔文章。此外他在网络上与读者进行的幽默对话也结集成册达6部。村上春树还写了《またたびあびたたま》（回文集）和《村上诗牌》等文字游戏方面的书籍。村上春树无疑展现了另一种魅力，或另一个光明的侧面，仅评述其代表性的长篇作品则是绝无可能获得展现的。本书是唯一力图展示村上春树前述明朗的侧面的著述。

重要的是，由这些乍看只是文字游戏的超短篇小说中，也能窥见或解读出长篇作家村上春树相同的严肃主题。村上春树能够深入浅出地勾现艰深主题，也能以严肃的问题表现明快的内容（这并非《1Q84》热潮中离世的井上厦爱用的语句）。本书在解读明朗的春树，同时也意图探明晦暗的春树。不如说本书同时呈现春树的明暗两面。村上文学同时具有明暗两面的文学魅力。笔者自负，认定本书的魅力等同于村上春树的文学魅力。

或者说，由村上春树超短篇小说解读出来的不同于轻妙、明快侧面的主题意趣，正是文学性的妙趣所在。为此，以往与春树无缘的普通读者亦可由这些超短篇作品中，解读出异常艰深的现代主题。笔者期望，读者也能体会此般读解文学的乐趣。

由衷期望本书能够助阵孤军奋战、死守孤垒的村上春树，也为“文学”的复权做出小小的贡献。

原善

目 录

我喜欢写短篇小说，仿佛整理心中的抽屉体验着一种爽快感。就是说过程的积累非常重要（无→灵感→原始笔记→完成），常在无意识的堆积中自然地有所发现，这也是我人生中非常重要的一个侧面。

——村上春树

《卡迪萨克为自己做的广告》[1]

——或本书为自己做的广告

梗概

如果多次复诵“卡迪萨克[2]、卡迪萨克……”，常常会感到从某个瞬间开始它就不是卡迪萨克了。它已不是装在绿瓶中的英国威士忌酒，而仅仅是失去实体仿佛梦尾形状、名曰“元卡迪萨克”的语音了。在仅剩语音的卡迪萨克中投入冰块来品饮，味道很不错哦！

诸位知道吗？“我们”一词，乃是村上春树作品中频繁出现的第一人称代名词。现在，我们（即本书作者我和读者你）

1 所收：《象工厂的HAPPY END》（CBS索尼出版，1995.6.10）、《象工厂的HAPPY END》（新潮文库，1998.3.1）。

2 苏格兰威士忌酒名。

也将仿效村上春树以“我们”的名义构成某种“共犯”关系，进而解读他的几部超短篇作品。

说到“超短篇”，感觉就像某种粗陋雕虫小技。但在超短篇小说集《夜半蜘蛛猴》中还加有“村上朝日堂超短篇小说”的副标题。毋庸置疑这个副标题正是村上春树加上的。

作为比短篇小说更短的门类，如今“超短篇”的称谓较为普遍。正像我们由此联想到代表性的超短篇小说作家星新一及其小说风格，会产生科幻性和注重结局的强烈印象。在昭和初期流行这种超短小说时，还曾尝试过其他称谓诸如“二十行小说”或“十页（稿纸）小说”等。而最终川端康成命名的“掌小说”获得了“公民权”，排在长篇、中篇、短篇之后的“掌篇”即为通常的称谓。对这种粘有手垢似的称谓，主体意识强烈的作家恐怕是排斥的。例如岛尾敏雄将之称为“叶篇小说”，村上春树则使用了片假名的“超短篇小说”称谓。该称谓源自村上参与翻译的罗伯特·谢巴德的《瞬时小说》（《Sudden Fiction 超短篇小说70》，文春文库）。在诸多称谓中，“超短篇”（他翻译时也用过的）这个称谓或许意外地具有某种新鲜感。

不过他并未做过“超短篇”或“短篇”的分类。因此作为风格、制书、氛围等方面与《夜半蜘蛛猴》相似的超短篇集，作品集《袋鼠佳日》收入了许多比短篇更短的作品，笔调方面与所谓的短篇小说区别更大。本书卷末目录列出的四部作品以及类似的作品，在此统称为“超短篇”。

其实，怎样分类并不重要。无论是“短篇”“超短篇”还是“小说”以及“随笔”，只要作品富有意趣就好。本书的原则就是共同品味其意趣，作为本书的卖点初次聚焦于迄今未受关注的“超短篇”。因此不免略嫌宽泛地设定了“超短篇”的范围。

本书拟对不同的超短篇作品，分别用一章的篇幅来解读。村上春树的长篇和著名短篇，无须介绍便可顺利地深入作品，但较为稀少的超短篇却难以做到。因此为了帮助读者了解作品内容，首先在各章内页附加相关作品的梗概，并在正文前作为书志情报，在不碍眼处以小篇幅做相关介绍。

长篇作品简短概括当然是非常麻烦的工作。而超短篇作品的内容可能比梗概的篇幅更小，准确归纳也有相当的难度。比如列在本书第一章的《卡迪萨克为自己做的广告》，其实就难以称其为小说，而是散文诗般的奇妙作品。它可能并非是在模仿十四行诗的形式，但整体上却被排列成了14行。我特意对原文做了调整，加了句读，并对文字稍做加工，就是正文前面的梗概了。也就是说，梗概几乎直接引用了整篇原文。这令读者怀疑。此即全文?！此般离奇古怪的作品，就密密匝匝挤在超短篇作品群中。本书选取其中别具意趣且名副其实能够深入读解的作品进行论述。

但我们的第一章为何偏偏选择了《卡迪萨克为自己做的广

告》这个奇妙的作品呢？首先是为了开篇吸引读者的目光：瞧，村上春树的超短篇小说就是这么不可思议！其次，它既然在前述4册特别讨喜的《象工厂的HAPPY END》中排在卷首，那就应有重大意义。更因笔者希望，它在本书中也发挥巨大作用。事实上《卡迪萨克为自己做的广告》意义重大，确实可以作为深刻的作品来品读。

而仅仅阅读本作也能品味重大意义。不过在此之前，我们先来看看具备另外一种知识就能明白的意趣，即不局限于本作品，而是与其他作品进行对比阅读时产生的意趣。

亦即，《卡迪萨克为自己做的广告》的标题来自何种背景？虽说如此，但了解这一点的读者恐怕数量极少。《卡迪萨克为自己做的广告》这个标题，其实来自美国帕特南出版社出版的诺曼·梅勒的作品*Advertisements for Myself*（《为自己做广告》）。日译版中有山西英一的《为自己做广告》（上下二卷，有部分删节），新潮社于1962年11月出版。而完整的日译版，则已被编入新潮社的《诺曼·梅勒全集⑤》中。

这部作品整体为五部分，根据日译全集版卷末所附分类目次，作品分为小说、随笔与论文、纪实、采访、诗歌、戏剧、某型传记等多种门类。而这种编辑方式，与村上春树无法编入诸门类的奇异超短篇集《象工厂的HAPPY END》和《夜半蜘蛛猴·村上朝日堂超短篇小说》具有共通之处。

另外，在诺曼·梅勒的《为自己做广告》等多门类中，别具特色的就是“某型之传记”。从《为自己做的第一则广告》开始，到《退场前为自己做的最后一则广告》，所谓“某型之传记”的门类乃最后终结的一章（虽然正像副标题“长篇小说绪论”所示，该作在门类目次中也被划归小说类），与《退场前为自己做的最后一则广告》共同成为一卷的标题性作品。

从这个意义上讲，村上春树的《卡迪萨克为自己做的广告》堪谓造成了破格的“某型”，但不管怎样看都不是“传记”。其“超短篇”的形态与诺曼·梅勒的大长篇作品相比，也可说是另一个极端。因此，《卡迪萨克为自己做的广告》在内容上与之（如果深读也许会发现令人惊异的重合）毫无关联，或许只是借用了诺曼·梅勒的作品名称。但仅仅借用名称而内容不同这种形态本身，正是《卡迪萨克为自己做的广告》所要针对的问题。

那么，现在就来谈谈阅读《卡迪萨克为自己做的广告》即可品味到的深刻意义。首先让我们来探究《卡迪萨克为自己做的广告》中的话语及其与所指事物的关系。如果用稍稍难懂的术语来讲，就是指示表象与指示对象的关系。

例如，中岛敦的作品《文字祸》与《山月记》同样，也是题为“古谭”的作品之一。其中就有这样的叙述：“注视某个文字久了，就会感到这个字渐渐解体而变成不具任何含义的线条交错。而这种单纯的线条集成，为什么能具有发音和含义呢？真是令人百思不解。”而我们也会常常产生这种异样的感觉。特别是在完全习惯于用电脑写作之后，一旦有机会用手握笔写字总会产生疑惑：这样究竟是好还是不好？

像这种事物本身（指示对象）与表示事物的词语（指示表象）之间并无必然联系的状态被称为“语言的任意性”。而作品的前半部分（卡迪萨克、卡迪萨克……多次复诵就会在某个瞬间觉得这不是卡迪萨克），就应该看成是针对这个问题的例解吧？“装在绿瓶中的、英国的威士忌酒”即实体（指示对象），而“卡迪萨克”这个词语则应表示“指示对象”的“指示表象”。但是由于失去了作为语言的功能，所以变成“失去实体的、恰似梦尾形状的、‘元卡迪萨克’的、单纯的语音”。

那么，它又为何是广告呢？广告与商品的关系确实类似于指示表象与指示对象的关系。而且，所谓“单纯的语音”可以理解为对广告与实体分离感觉的一种表达方式。但是如果它也切合例如广告词“爽口的青梅酒”、变成不表示某品牌青梅酒实体的空洞语音的话，那么乍看该作结尾“在仅剩语音的卡迪萨克中投入冰块来品饮，感觉味道不错”，读者就会认为，只要不是强烈的讽刺，倒不如说是完全相反。但是，在某某青梅酒的实体并不“爽口”的情况下，那就只是广告词“爽口”而已了。这与不能品饮作为实体的威士忌酒而只能品饮“空洞的语音”的状态准确对应。

这里依然存在着某种讽刺，而这也切合了标题“为自己做的广告”。也就是说，先有指示商品（青梅酒）的广告（很爽口），这则广告的内容直接宣传“这就是青梅酒”。而将“装在绿瓶中的、英国威士忌酒”的“卡迪萨克”直接称作“卡迪萨克”状态的表示，那就不是单纯的广告而是“为自己做的广告”。

那么，作品的这种结尾方式不仅具有微妙的讽刺意味，而且比起实体，其周围的语句才是“味道不错”，才是意趣盎然——读者可以读到这层含义。若真如此，虽然不能说本书的解读比村上春树的作品本身更具意趣，但至少可以说在文学作品本身的意趣之外，还有围绕其文本进行深入解读的乐趣。笔者本书的目标就是获得读者的认同式评价，并将此作为“为自己做的广告”，宣告代前言的第一章结束。

明喻——以故事为中心

《三个德意志幻想》[1]

——明喻式的春树文学

梗概

《1 作为冬季的博物馆的色情画》

每当我考虑性事时总会想起冬季的博物馆。我在那里工作，就在悄无声息的性行为预感中准备开馆。我还照老板来信中的指令行事，并且整理装束。性如潮水般撞击门板。我对任何人都不予理解。

《2 赫尔曼·戈林要塞1983》

我在偶然相识的东德青年的热情引导下参观了要塞，并产生了“战争在数月前刚刚结束”的感觉，但我谢绝了他继续

1　初出：《布鲁塔斯》（1984.4.15）；
所收：《萤·烧仓房·其他短篇》（新潮社，1984.7.5）、《萤·烧仓房·其他短篇》（新潮文库，1987.9.25）、《村上春树全作品1990—2000③》（讲谈社，1990.9.20）。

导游的建议。在1945年春，戈林考虑些什么，“最终谁都不知道”。

《3 赫尔W的空中花园》

虽然拥有“空中花园”，但由于距离隔绝东、西柏林的高墙太近而只能浮起15厘米。我问赫尔W，为何不迁往更安全之处，赫尔W列举了夏季柏林的美好，并回答：“这个地方最棒。”

非“三题落语”

村上春树好像具有“三题落语”式的构思。这篇作品也是由《1 作为冬季的博物馆的色情画》《2 赫尔曼·戈林要塞1983》《3 赫尔W的空中花园》三则故事平行链接的奇特结构。本文稍后将论证这种碰撞也属于村上春树模式。不过，如果“三题落语”就是由因果关系联结三个要素构成的话，也许将村上春树的文学称作“三题落语”模式并不准确。虽然岩宫惠子指出，“仅以因果关系来连接表面事件的简单故事”具有“咒缚”效应（《围绕思春期的冒险——心理疗法与村上春树的世界》，日本评论社），并将村上春树的文学与“破解因果关系支配咒缚”这种心理疗法的工作重合。但村上春树却真正断绝了因果关系。即使这篇作品，也只不过是通过随意的联想联结了三个超短篇而已。

村上春树在《讲述自己的作品——尝试短篇小说》（《村上春树全作品1979—1989③》）中说明了完成此作的情况：“我与BRUTUS成员一同在德国游览了两星期，之后又独自留下游览了两星期。”为“撰写与德国相关的随笔和短篇小说，我以‘德国’一词激发的幻想为核心写了三篇小品”。可是这三篇，只不过具有“‘德国’一词激发的幻想”的共通点而已。那么，作者在这三篇的“2”中如此描述：“她使我想起我在东京认识的某位女性。并非由于容貌或他处相似。两人却在某处暗联。或许是赫尔曼·戈林要塞的视觉残像让她们在迷宫的黑暗中擦肩交错。”这与德国女招待“她”和“我在东京认识的某位女性”的互联，这种互联是“暗中”的、“擦肩而过”的甚至连“何处相似”都说不清的感觉而已。

在该作中，真正联结三篇短文（使之成为“在暗中联结的”状态）的只有标题“三个德意志幻想”。全都是作者由“德国”一词想象出来或在回忆德国旅行时所描绘的“幻想”——仅在这一点上具有共通点。如果将这个标题去掉的话，那么文中未提“德国”一词的“1”就会像“空中花园”般飘在空中。

就是说在前述三篇小品的互联中所见“暗中联结”的状态，也出现在“1”的作品世界与“德国”的互联方式中。村上春树自己在前述解说中提道：“当我思考德国旅行的记忆时，这样的故事忽然涌现出来。”并解释说：“问我第一篇即博物馆的故事何处与德国相关，令我为难。”似乎早已预先回避了批评。不过，在作品中怎样“受‘德国’一词激发”令人费解——那种互联的隐秘性绝不应该受到批评。莫如说在村上春树的文学中，这种某物与某物“暗中互联”的状态或者说不可互联的对象却相互联结的意外性，才应作为故事的内容强烈关注。

象征性作品结构

即使从这个意义上讲，笔者也想在此对三个幻想中的第一个《1 作为冬季的博物馆的色情画》进行探讨。作品以如下方式开始，其发端出人意表。

> 性、性行为、性交、交媾以及任何此类词语——我从这些词语、行为、现象所想象到的总是冬季的博物馆。
>
> ——冬季的·博物馆——
>
> 当然，从性到冬季的博物馆之间多少有些距离。要多次换乘地铁、穿行高楼的地下通道、在某处任凭季节流

过——这些也都是需要耗费的工夫。不过这些麻烦也仅仅是最初的那么几次，一旦了解了这种意识回路的过程，任何人都能在短瞬间抵达冬季的博物馆。

这不是假话，而是真话。

突然罗列略显过激的词语令人一时难以适应。其实正是关乎村上春树文学某种本质的、意趣盎然而予注目的特点。关于此，稍后再做深入探讨，这里接着前文继续。

怎么会从“性”一词想象到“冬季的博物馆”——想必有人产生疑问（正如从“德国”一词可以自由地幻想任何故事），既然是想象就完全是自由的，没有什么“假话”和“真话”之分。作者在接下来的段落中又写道：“当性成为坊间议论的话题、交媾的浪潮充满黑暗时，我总是站在冬季的博物馆门口。”在这里，本应为“想象”的“冬季的博物馆”却变成了可以站在其门口的实体的“冬季的博物馆”。由此又让人诧异——“真是这样吗？”而且，接下来的两个段落还具体描绘了“冬季的博物馆”内部情状，甚至介绍了主人公的具体工作，例如校准钟表时间等。而在最后，又以“我（如果不是我的错觉的话）就是在这家博物馆工作”这种极不确定的描述结尾。

但这并不足以为怪。正像作者所说，“当我对德国旅行记忆进行思考时，这样的故事忽然涌现出来”。既然“我”是以这种与从“德国”一词所幻想的故事完全平行的关系由“性”一词想象到“冬季的博物馆”，那就可以想象“在这座博物馆工作的”自己，作为检验其作用的功能而插入“如果不是我的错觉……”

以下，作品从“悄无声息的性行为预感……统治了博物馆的空气”到“性如同浪潮般冲击着博物馆的门扉”，逐渐显露比喻式的“性行为”的深化，在此架构中，立足于“这家博物馆里工作”的“想象”，描绘开馆准备的几个程序以及遵照博物馆老板来信中的指令行事的姿态。

因此，像补充洗脸间的肥皂水“这种操作程序完全不必特意细想，身体即可自动予以完成”。此类可按通常意义理解的言行，也能重叠解读为合上窗帘、穿衣脱衣这些外部框架中行为的象征意义。就连针对冰箱、牙刷等物品所说的“在博物馆中甚至连这类物品都显得很博物馆”也意味深长，说明用餐等卷入二人的所有情景都雪崩似的关联于性行为。开馆前的信函整理，也是阅读事务性信函和阅读参观者“感想、意见、鼓励和建议的信函”，但在答复对方的“感想、意见、鼓励、建议”的同时，还会巧妙地描述事务性范围内、结构范围内的行为本身的状态。如若这样解读，就不会惊讶于以下描写的违和感。

☆第36号壶

☆A.52底座

☆灯泡

☆勃起

这是接受老板的指示，以“①将36号壶打包收回仓库，②将A.52雕像底座（无雕像）摆在Q 21展位，③将第76展位的灯泡换新，④在入口处标示下个月的休馆日”的形式，逐条忠实执行后再以手指确认场景，仍然是以条目来进行表示。在应该是对④即“休馆日”标示进行确认的最后一项为“☆勃起”，是承接此条目前的“在镜前梳头、整理领带结、确认阴茎已勃起”这个情节。这或许看似只是想以唐突的愚痴博得宠笑（而且当然这种错位效果就是村上春树作品的一大魅力），但若考虑到进行这些“幻想”或“想象”的外部框架的话，那么“确认阴茎已勃起”就是最大的确认事项。因此，必须将此列于完成确认的最后条目之中。

如此看来，此处的“1”很明显就是结构十分巧妙的作品。“我一想到性行为就总是待在冬季的博物馆里，我们都像孤儿般蜷缩在那里寻求温暖……”在此般结尾的作品中，全都是“考虑性行为”的“我”所想象的情景，而这些都是象征着“性行为”的内容，都是“性行为”的比喻。

多用明喻的春树

大量使用精彩的直喻表现的独特文体确实是村上春树的最大特征。相关论文有芳川泰久《失去的冥府——或村上春树的“喻”的场所》（“百合”，1989.6）。而在《AERA MOOK读懂村上春树》中，甚至设立了《直喻数据库》（上武大学经营情报学部历代原研讨班编辑）的项目。例如，仅从《三个德意志幻想》中，就能拾取如下内容：

“它们（展品）中的每一个都不与任何他处相连，就像被饥寒死死卡住脖子的孤儿，紧紧地闭着眼睛蜷缩在展柜里。”

“清早宁静的光线与悄无声息的性行为预感，一如既往地像巴旦杏仁融化了一般统治着博物馆的空气。”

（以上摘自《1 作为冬季的博物馆的色情画》）

“那个（赫尔曼·戈林要塞）就像不祥的白蚁之塔，清晰地矗立在黄昏淡淡的暮色之中。”

“在1945年春天，俄军以本季最后一场暴风雪般的态势攻入柏林市区，赫尔曼·戈林要塞一直保持沉默。”

“她以宛然赞美硕大阴茎的姿态捧着啤酒杯送到我们的餐桌上来。”

“我说：‘很遗憾。’我感到一只微温的手握住了我体内的神经束。我不知道该怎样做才好。”

“他所喜爱的美丽的亨克尔117型轰炸机编队简直像战争自身的尸骸，在乌克兰的荒野中曝露着数百具白骨。”

（以上摘自《2 赫尔曼·戈林要塞1983》）

“白色的庭院椅看似处理品。”

（以上摘自《3 赫尔W的空中花园》）

最后的作品和前两部作品究竟是比喻还是样态难于分辨，而且第一和第四的后半部应称作拟人法。不过在组合了三篇小品文的小作品中嵌入这么多直喻表现确实令人惊讶。

所谓比喻，诸如“……我移开视线，想象着医师们切开她胸部的皮肉伸进戴着橡胶手套的手指将骨头移位。但是，我觉得这太没有现实性了，就像某种譬喻一般”（《盲柳与睡女》）。读到这段话，或许亦可将其当作“非现实性”的内容来读解。确实如此，在说到“她的脸颊红得就像苹果”时，眼前的“她的脸颊”就是现实。而所谓的“苹果”，从举出这种现场不存在之物的意义上讲，可以说是非现实性的吧？但是，这绝不能当作可有可无的修辞予以轻视。近年来，比喻法作为有效表现日常生活并建立新的创造性世界的认识发现手段重新得到了评价。即使是在认知科学的领域里，其创造性的认知功能也引人瞩目。

而且，村上春树就是擅用比喻法尤其擅用直喻的作家。在其处女作《且听风吟》中，那位缺小指的女孩对“我”说：“你这个人确实有些怪呀！”这就是承接了前文“我”轻松诙谐的言谈。而他的言谈之所以轻松诙谐，也是因为其中加入了卓绝的比喻表现。接下来法国文学科的女孩问：“你为什么总是不问就不说话呢？”但即使是如此不爱说话的“我”，一旦开口就是接二连三的卓绝比喻，轻松而诙谐。这一点非常有趣。

不妨说，这基本上就是村上春树全部作品的共通点。以下引用的是《奇鸟行状录》中“我”即冈田亨向笠原梅解释的“勇气”与“好奇心”的关系。

> 好奇心与勇气看似一同行动。有时却是好奇心激发勇气。不过，好奇心多半都会瞬间消失，而勇气则必须走很长的路。好奇心如同不可信赖的、得意忘形的好友哦！它会肆无忌惮地折磨你，却又在某个时刻任性地消失。

如果是在初中生活指导的场合出现这样的训话我倒愿意听听，这种比喻确实相当高明。像这样的语句，在村上春树的作品中俯拾即是。

作为比喻的明喻

我们返回主题。《三个德意志幻想》中的《1 作为冬季的博物馆的色情画》，是由“德国”一词想象（联想）成立的三个故事之一，应该也是由“性行为”一词联想到“冬季博物馆”全篇作为一个比喻形成的作品。不过这部作品的深意在后边。也就是说，这里描述的并不仅仅是“性行为”一词到“冬季博物馆”的联想结果，还描述了作为此联想状态的直喻的机理。

本来，所谓直喻就是语言表现手段之一，为了表现某物 A 却选用相似的他物 B 来表现。不过，B 对于 A “如果相似得太做作，便会接近于无用的重复”。而直喻的“最大效用与其说是类似性不如说是意外性”（佐藤信夫《修辞感觉》，讲谈社学术文库），这一点如所周知。

具体的代表性实例，即川端康成《雪国》中女主人公驹子的嘴唇比喻。亦即如下比喻最为有名——“驹子的嘴唇像美丽的蚂蟥般光滑”。也就是说，将女子极具魅力的部位比作谁都厌恶的小动物“蚂蟥”，正是发挥了这种意外性。

不过，本来嘴唇细看确实呈现异样形状，用实物比喻其魅力恐怕很难。如果是涂了红唇膏嘟起并凑过来的样子，或可将其比作樱桃。但是，这个比喻并不适用于驹子唱小曲时忽开忽合的嘴唇。同样是川端康成，他在年轻时写过一篇《蓝的海黑的海》。在这篇作品中，他将女子的嘴唇比作大丽菊的花瓣或鸟的羽毛，也是相当令人意外。不过，其意外性仍逊色于将驹子的嘴唇比作蚂蟥。驹子的嘴唇光滑无皱，润泽而伸缩自如并具吸附力，其形态看上去确实具有嘴唇和蚂蟥的共通之处。乍看令人意外，似乎二者毫无关联。但是这种比喻又表现出绝对无法分离的、蚂蟥吸附力的关联性。尽管大丽菊花瓣和鸟的羽毛亦可因其形状相似而成立，但蚂蟥比喻不仅限于视觉，还展示了岛村关乎嘴唇的触觉性表现，且吸附力正如此般描述魅力引申至其他部位——“鲜血般清丽双唇噘紧光泽闪动，弹唱乍开即合也显得十分可爱，恰如她的身体充满了魅力。”

论证了卓绝直喻具有的超强冲击力后，再回到《三个德意志幻想》中的《1 作为冬季的博物馆的色情画》。

其实，这部《1 作为冬季的博物馆的色情画》是一种联想状态的作品化——故事的想象源自“德国”一词，“冬季博物馆”的想象则源自“性”一词。而且与之相关联的（比喻的代表）直喻的、以意外性为生命的机理也都实现了作品化。这一点，已在前文引用的作品开头语句中有过阐述。希望读者重新确认。

这里虽是以 B 即“冬季的博物馆”来比喻 A 即“性”，不妨说也是“A 与 B 的相似点”这种联想猜谜似的结构。这种情况下，即使力图对相当于“谜底”（相似点）的 C，给出具有丰富历史感和变化的冷僻的解释，但因直喻具有的意外性而确实难以简明扼要地做出说明。不过，这里应特别注意的是对“些许距离”和“工夫”的形式做更加深层的比喻。也可称之为直喻的多重性。

最后，“嘴唇”与“蚂蟥”一旦相搭就会呈现牢固的关联性。这种状态被比喻为“任何人一旦习熟了这种意识的回路过程，就能在一瞬之间——抵达”。比喻的形态、其意外性和由此通过之后的说服力可由更深层的比喻作解。这正是擅长比喻的村上春树式的论点。

春树明喻的实质

而且，《且听风吟》的原文中说到了“优越知性”——“就是能在同时包含两个对立于优越知性概念的状态下充分发挥其功能的表现方式”。而直喻的意外性就是由“优越知性”带来的世界认知的新鲜性。分析村上春树的“A 就像 B 那样是 C”之类直喻的卓绝性，可从两个方面迫近村上春树的文学本质——春树怎样将具有 C 情状的 A 错位到巧妙的表现方式中并编织了自己的作品世界？为了说明 A 所具有的 C 这种属性，需要了解我们眼中陈腐且单调的 B，在春树的眼中是怎样改变其形态的？由此可知，村上春树连接 A 、B 时独特的知性状态及其世界认知方式的特殊性。

重要的是——这并不单纯是村上春树文学世界中频现的直喻表现（在两节之前已有论述）问题，亦非表面层次的问题。

村上春树的世界就像《且听风吟》中的如下表述——“然后我们在《朝日新闻》的周日版相拥”，充满了初次的性行为与生硬的朝日新闻这种意外混搭产生的意趣。同时，讲述以前她（法国文学科的女孩）在校园自缢这种令人伤感的情状和其间吸烟量这种极为冷漠的信息，致使两个世界相碰撞产生微妙的违和感、摩擦和错位，正是这些因素产生魅力支撑着村上文学的世界。此乃表层直喻带来的效果和平行结构。

这些也与直喻的意外性连接，A与B的距离和错位，在村上春树文学中随处都能找到。

作品中有如下叙述——“我从性、性行为、性交、交媾及所有此类词语、行为、现象所想象到的总是冬季的博物馆”，而听到A就“想象到”或联想到B，就是因为A与B之间存在某种关联。但那只不过是某种“细微的”“关联”（《阅读约翰·厄普代克的最佳场所》）。即使有了“某处存在关联的感觉”，依旧是“我并不清楚在哪里存在关联”（《1963/1982年的依帕内玛女孩》）。例如，就像“每当听到‘依帕内玛女孩’，我就想起高中的走廊”，由于那种关联性模糊不清，所以造成了意外性和错位。

若用某种比喻来形容村上春树文学，那就应该将其譬喻为直喻，即如同直喻般的春树文学。

因此，接触春树卓绝比喻的丰富用例，不仅可以了解春树认识世界的方法和知性状态，还将成为理解村上春树文学精髓的有效途径。

《夜半汽笛或故事效用》[1]

——比喻的效用

梗概

女孩问男孩："你有多喜欢我？"少年考虑片刻后平静地答道："就像夜半汽笛声。"少女默默等待少年继续往下讲，这里肯定有故事。"有一次，我在半夜忽然醒来，"他开始讲述，"我完全是孤独一人，周围没有任何人。这时我忽然感到，自己已被带离熟悉的人和熟悉的地方并被难以置信地远远隔开。我发现在这个广阔的世界中，自己已经成了不被任何人爱、不被任何人理睬、不被任何人想起的存在。这就像是被塞进厚铁板箱并沉入深海底的感觉啊！弃之不管，铁箱里空气越来越少，我真的会死掉。这可不是什么比喻，真事儿哦！这就

1　初出：《太阳》（1995.2）；
所收：《夜色阴云》（平凡社，1995.6.10）、《夜色阴云》（新潮文库，1998.3.1）、《村上春树全作品1990—2000①》（讲谈社，2002.11.20）。

是半夜里孤独一人醒来的意味。不过，这时从遥远处传来了汽笛声。我就在黑暗中侧耳静听。然后，我的心脏停止了疼痛，表针开始走动，铁箱缓缓地向海面浮起。这些都是因为那微弱得似有似无的汽笛声。那么，我爱你就如同爱那汽笛声。”少年的短故事到此结束，少女随即开始讲述自己的故事。

原文约为三张400字稿纸的篇幅，彻头彻尾的“超短篇”作品。可是这样的作品却有23个字的超长标题，令人产生不可思议的违和感。这与上一章在《三个德意志幻想》中见到的、致使两个不同内容相碰撞的直喻魅力相同，堪称十足的春树模式。在内容简短与标题超长碰撞的两者中，又以“或者”的形式致使两个单元相联结（碰撞）。从这个意义上讲，这部“超短篇”堪称村上文体特征最为强烈的作品，本书各章的标题也是模仿该作拟定。想必亮眼人一看便知。但在这里还是要从其他意义上，进一步论述它为何堪称最具村上文学特征的作品。

作品突兀地以“女孩”问“男孩”——“你有多喜欢我”开头。这个故事的女主人公向男主人公提出的问题，绝对是春树粉丝耳熟能详的语式。对了，《挪威的森林》中的女主人公小林绿就多次向男主人公渡边提问。而渡边对小林绿的多次回答就形成了“像……那样喜欢”这种直喻式轻松诙谐的告白语录。（这类台词的全被省略也是我非议电影《挪威的森林》的原因之一。）

例如，在“小林绿问‘你有多喜欢我’”时，“我”（渡边）回答：“就像全世界森林里的老虎都化成黄油那么喜欢。”这当然来自《小不点三宝》中老虎为了抓住爬上椰树的三宝急速转圈“化成了黄油”的故事。其突兀性和意外性对读者及小林绿的心中都给予了巨大的冲击。但稍加思索，也可理解为椰树下连续转圈就等于永无休止地想念你。另外，就算不好意思说“想起你就觉得整个身心都要融化”，似乎也可谐谑地说：“想起你我都要变成黄油了。”这总可以勉强接受吧？如果小林绿不问“有多喜欢”，而问“喜欢我的发型吗”，“我”回答“特别棒”，她还可能问：“有多棒？”于是“我”回答：“就像全世界的树林都倒了那么棒哦。”此外还可以举出如下实例：

> “我很喜欢你哦！”
>
> “有多喜欢？”
>
> “就像春天的黑熊那么喜欢呀！”
>
> “春天的黑熊？”小林绿又抬起头来。“什么呀，怎么是春天的黑熊？”
>
> “当你独自走在春天的原野，看见对面过来一头长着天鹅绒般的柔毛和圆眼睛的可爱小熊。它对你说：

‘你好，小姐姐！要不要跟我一起打个滚儿？’然后和小熊拥抱着在三叶草茂盛的山坡上打滚儿玩一天。这样挺好的吧？”

“太好了！”

“我就是这么喜欢你。”

——摘自（《挪威的森林》）

对此不做更多解读，那么作为采用直喻表现爱情的实例，这个“像夜半汽笛声那么喜欢”的回答也与之相符。作品继续写到“这里肯定有故事”，并展开“少年”所讲述的“夜半汽笛声”的“故事”。虽然这是绝对的“短故事”，但在整个超短篇作品中仍属相对较长的“故事”。而且在听完讲述之后，作品结尾即“少年的短故事到此结束，少女随即开始讲述自己的故事”。这样必然会以“我也是这么喜欢你”作为少女的告白。促使这种爱情互感互换的就是“少年的短故事”，确实堪称其标题所示“故事效用”。从这个意义上讲，该作品无疑是“关于故事效用”的小小“故事”。

这个“故事”的内容就是“夜半汽笛”。——“那么，我喜欢你就如同那汽笛声”，结尾的“故事”中的“如同那汽笛声”，究竟体现了何等程度的喜欢？

“在半夜里寂然醒来”，感到“自己已被带离熟悉的人和熟悉的地方并被难以置信地远远隔开”，感到“自己已经成了不被任何人所爱、不被任何人理睬、不被任何人想起的存在”，“弃之不管”就“真的会死掉”——这是绝对的孤独。与《奇鸟行状录》中笠原梅寄给主人公冈田亨的书信内容极其相似。

> 发条鸟先生：我坦率地、坦率地、坦率地告诉你，我有时会非常害怕。半夜醒来特别的孤独，感觉与任何人和任何地方都相隔500公里之遥。这里漆黑一片，不管朝向哪边都完全看不清前方。我害怕得快要大声喊起来了。发条鸟先生会不会也发生过这种情况？这种时候，我就会想象自己与某处连在一起，而且拼命地在大脑中将与我相连的名称排列出来。其中吧当然也有发条鸟，还有那条小巷，那口水井，那棵柿子树——这些全都列入其中。

这里的人物也想确认“自己与某处相连接”。同样，就像自己在这种孤独感中想象，自己也与世界某处隐约连接、“似有似无的”“夜半汽笛声”，你正是将孤独的我与世界连接起来的唯一的存在——这就是在《夜半汽笛或故事效用》中少年要讲述的含义。

这与渡边回答小林绿的方式相同，采用了直喻的爱情表现方式。而讲述《夜半汽笛》“故事”的该作涉及“关于故事效用”，同时作品中讲到——“这不是比喻而是真的哦。”但也可以说，那是《关于比喻的效用》的“故事”。而“我就像……那样爱你”这种直喻部分，在此变长的结果就成了一个“故事”。

如此看来，村上文学的全部（或许也可以说所有文学），都是以诸如“我”对缺小指女孩、渡边对直子和小林绿、始对岛本、冈田亨对久美子、“我”（K）对堇、天吾对青豆，总之都是这种形式（即自己对某个女子的“喜欢”程度进行确认）的故事。从这个意义上讲，《夜半汽笛或故事效用》这篇作品堪谓村上春树文学的原型。

《在四月某晴朗早晨遇见百分百女孩》[1]
——反实假想的起源

梗概

四月的某个晴朗的早晨，我在原宿后街与百分百女孩擦肩错过。那个女孩并不漂亮，她连头发都没梳整齐，年龄可能也快30岁了。但是，从她离我50米的前方开始，我就知道她对于我是百分百的女孩。我很想跟她搭话，哪怕30分钟也行。

可是，我该怎样向她打招呼呢？没想好，就在花店门前与她擦肩错过了。当然，现在我已完全清楚当时应该怎样。这道白太长我肯定说不好，反正开场白就是“很久以前”、结束语是“这是个悲伤的故事”。

很久以前某地有一对少男少女。两人已显示出百分百恋人

1　初出：《特雷福尔》（1981.4.10）；
所收：《袋鼠佳日》（平凡社，1983.9.9）、《袋鼠佳日》（讲谈社文库，1986.10.15）、《村上春树全作品1979—1989⑤》（讲谈社，1991.1.21）。

关系，可在尝试分开的期间却忘记了自己是他（她）百分百的对象。这是个悲伤的故事吧？（我们在遥远的从前也是这种百分百的恋人呢。）

我当时就应该这样向她告白。

关于反实假想

这部作品以其长标题引人注目，但初次发表的地点却并不显眼，而且收集该作的《袋鼠佳日》在村上春树有数的著书中也偏于小型化。从这个意义上讲，像是容易被埋没的作品。不过《袋鼠佳日》在台湾被译成中文时，是以《遇见百分百女孩》（赖明珠译）作为该文集的标题出版。而且在台湾，“遇见百分百的”说法后来“在村上的言论中‘枕词’化了”（藤井省三《村上春树作品中的中国》，朝日选书），因而，知情者十分了解这部作品。山川直人则在1983年摄制了微型电影《百分百女孩》，2001年以后改成《百分百女孩·袭击面包店》DVD版（成隆出版）发行。原作亦广为人知。

笔者本想在此将原作与电影进行比较论述，想想还是稍后再说。在此首先探讨原作的意趣。

作品中提到“我”偶遇的女孩是“百分百女孩”，但确实“谁都无法树立百分百女孩的典范”。“她的鼻子长什么样我绝对想不起来”，“不，我连她是否有鼻子都想不起来了”。这样的说法未免夸张，但因作者的目的并非要向读者宣示这种类型的女性就是“百分百女孩”即“树立典范”，所以不需要任何描写。主人公并非向读者宣示而是向那位女性告白，她的形象对于自己来说就是“百分百”。也就是说，在《夜半汽笛或故事效用》中，主人公被对方问到“你有多喜欢”才回答，这里却并非被动地回答，而是能动地、主动地、积极地想要表示自己有多喜欢对方。

而且，就像在前章已经论述过的那样，对于回答该问题和做出告白发挥了有效作用的就是“直喻”——“我就像……那么喜欢你”或者“如果拿什么来比喻我有多喜欢你，就像……那样”。此外，之所以“百分百女孩”这个说法也等于我喜欢你，乃因你对我来说堪称“百分百”。从这个意义上讲，已经是毋庸置疑的直喻。可是，要向对方传达对方是“百分百”即完美无缺（准确地讲是他自己那样认为）却相当困难。

当然，让对方也产生与自己同样的想法绝非易事。正如该作中描写的，对方也许会说“对我来说”“你可不是百分百的男人哦”。因此这种告白，以单相思的形态告终的可能性极高。但在告白能否得到满意答复之前，首先必要的是完成这种告白即向对方传达出自己的想法。该作品所表现的，就是这件事其实非常难以做到。

如果换成我们，能做到怎样的表示呢？顶多也就能找到像

“我们的小指已被红线拴连了”这样的套话吧？大多数人恐怕什么词都说不出来，或者还没说到正题就错过了宝贵的时机并留下深深的懊悔。过后还会多次懊悔地想：当时如果这样做就好了，或者那样做就好了……甚至抱憾终生。这可能就是很多人谈恋爱的实态吧？

我们之所以会感到这种描述似乎耳熟，就是因为早前（或最近）的高中时代古文课上学过“反实假想”。即“如果当时……的话，如今就会……可是（因为没能那样，所以现在就不是那样）……”。例如，以荒井由美的《看海的午后》这首歌为例，即如下所示：

假如那天在你面前痛哭一场

今天一定会在这里相伴看海

我贴近窗边目光追寻着海鸥

你仿佛就隔着桌子坐在对面

“假如那天在你面前痛哭一场”，可是因为她没能那样做，所以现在只好孤单地度过“看海的午后”。这种如果当时那样的话，“现在就会在这里相伴看海”的想法，就像拒斥在桌上的苏打水杯中看到货船一般，在“隔着桌子”的眼前唤起对“你”的幻想何其强烈。

以该作来讲，强烈体现“反实假想”心态的就是结尾“我当时就该这样向她告白”。就因为没能那样告白，两人只是擦身错过。

那么，前章中已对村上文学做了概括，可以说全是描述男主人公多么喜欢女主人公的故事。但是，说到男主人公缘何现在提起此事，就是因为女主人公现已不在面前。以《挪威的森林》为例，渡边此时明白了自己爱直子或如此爱着小林绿，可当时却并不完全清楚因而未能及时传达给对方——渡边正是在这种懊悔当中讲述自己的心情。更准确地讲就是，我虽然爱她就像……那样，但因为没能把这种心情充分传达给对方，所以现在她才不会在我身边。男主人公就是在这种强烈的懊悔当中，为了印证、重温自己当时应该传达给对方的心情而叙述。也就是说，这是一个在“反实假想”式的懊悔当中回忆过去的故事。其典型题材就是恋歌和挽歌，也可以说所有的文学都是如此。尤其是村上春树的文学，几乎所有的作品都是按照此模式创作。

《1Q84》的起源

如果说村上文学对反实假想式爱之回忆的描写具有某种特征的话，那么这篇描写反实假想典型的《在四月某晴朗早晨遇见百分百女孩》，确实堪称村上文学的原型。首先，如果对这种村上文学即反实假想的部分进行印证，确认村上春树的多数作品都是以这篇《在四月某晴朗早晨遇见百分百女孩》为原型，那么这些作品可谓引发了一个重大现象，在超短篇作品中竟然可以找到村上文学的原型。让我们将目光转到《1Q84》。

《1Q84》在2009年掀起空前的热潮，并在2010年4月出版了读者热切期待的续篇《BOOK3》。在该作品的读书指南、新潮社4月的《新刊介绍》中写道："如果《1Q84》的世界里有爱，或许就是完美的爱。在全日本、在全世界引起热议的故事，热切期待的《BOOK3》出版！""完美的爱"！换而言之亦可称作"百分百的爱"。讲谈社在发售《挪威的森林》时，曾在腰封印上了"百分百的爱情小说"这种赞美的语句（这也使"百分百"成了村上的代名词）。新潮社也赞颂这是"完美的爱"，意味深长。此外"如果有爱"的假设方式也与反实假想的"假如"相通，很有意思。回头再看《1Q84》之《BOOK1》的腰封，写的是："'或许这样'过去的昏暗镜像浮现的是'或许不曾那样的'现实状态。"这种重复就是稍稍扭曲的表现，但在对"就是这样的过去"做出"如果这样"的假定时，可以说便符合那般空想描述的反实假想。在《BOOK3》的展开中，或许可以说，那就是希望将假想的现实再次反转的世界。

"时间绰绰有余。那里有的是为挽回失去时间的时间。"（《BOOK3》）这句话必然使人联想到普鲁斯特的《追忆似水年华》。《1Q84》中的天吾在小学四年级“十二月初的某个晴朗的午后”，在“放学后清扫下课的教室”时，被青豆握住了手。假如他在那时也紧紧地回握少女的手，世界就应该不是如今这个样子。该作描述的正是川奈天吾与青豆雅美的反实假想的世界。就是说在《1Q84》中，也能看到完全重合于《在四月某晴朗早晨遇见百分百女孩》中相关表现的语句，如以下引文中的画线部分：

> 后来相当长的时间里，天吾对自己的表现深感懊悔。更准确地讲，是对自己表现不够积极主动深感懊悔。当时该对那位少女传达的话语，现在可以想起很多。想对她说的话、不能不说的话本来就在自己心中。而且后来细想，在某处叫住她说说话并非难事。假如当时能找准时机、有点儿勇气就好了。可天吾没能做到，因此永远失去了机会。
>
> （《BOOK2》，画线部分由引用者标注）

另外，《1Q84》中有如下语句——“假如当时鼓起勇气打了招呼，我的人生也许就与现在不同了”，但这样的表现与读者（我们）卷入其中的语言位相略有不同。“我们脑中会浮现出若干个‘假如’：假如田丸说话再简短些，假如青豆其后没有边想心事边煮可可，就该看到滑梯上抬头望天的天吾，并立刻跑出房间实现时隔20年的重逢。”像这种“假如”之类的语句以及由此而生的想象的展开比比皆是。

如此将《在四月某晴朗早晨遇见百分百女孩》看作《1Q84》的原型者，论证《1Q84》“Genesis”（起源）的铃村和成（“村上春树·战记/《1Q84》的Genesis”，彩流社）已率先论及《在四月某晴朗早晨遇见百分百女孩》。这自然令人感觉沮丧。不过，铃村所论述的是以下内容：

> 但是，村上在1983年《袋鼠佳日》收集的《在四月某晴朗早晨遇见百分百女孩》这部特长标题的超短篇小说中，曾写过这种“突发恋爱”及其后过程、偶然邂逅的故事。
>
> 这是以恋爱中偶然要素为主题的作品，开始是“很久以前”，结尾是“这是个令人悲伤的故事”（全Ⅰ5、28），从这部超短篇中，能够看到青豆与天吾“悲恋”的“起源”（Genesis）。（中略）
>
> 这是个令人悲伤的故事。正如《1Q84》中的天吾与青豆的命运之恋和结局中20年后悲剧性的失之交臂。

最后的“命运之恋”与“20年后悲剧性的失之交臂”果然是大致重合。而说它与《1Q84》重合，毕竟是“我”之想象的“假设”世界，并非《在四月某晴朗早晨遇见百分百女孩》

这种超短篇的世界本身。铃村将此看作“‘突发的恋爱’及其后过程、偶然的邂逅”之描写（都是现实中发生的故事），完全没有看到《在四月某晴朗早晨遇见百分百女孩》的“反实假想”性。这样一来，就算“青豆与天吾的‘悲恋’的‘起源’”能够（准确地在假设中）适用，也不可能在作品中找到“反实假想”般的故事的起源。

春树文学的起源

在力图展现村上春树超短篇作品魅力的本书中，无暇对《1Q84》进行深入的探讨（非“深绘里”），但如果仔细分析就会发现，与此前多数作品各个部分存在互联和重合之处的《1Q84》，具有某种（在此时点的）春树文学集大成的性质。

这样，既然《在四月某晴朗早晨遇见百分百女孩》是《1Q84》的起源和原型，那就很容易接受《在四月某晴朗早晨遇见百分百女孩》是村上文学的起源这个说法了。在此列举一个具体实例：为探讨“反实假想”性重合，需要介绍全部作品的梗概，这会变得十分繁杂，难免脱离超短篇的解读而变成长篇的解读。所以在此尝试，引用本身能否归类于超短篇型故事。看看这个部分能否嵌入作品《在四月某晴朗早晨遇见百分百女孩》之中。

在《海边的卡夫卡》中，住进甲村图书馆的田村卡夫卡少年听馆员“大岛先生”讲了如下故事：

> 少年在18岁时考入东京的大学。成绩优秀，所以还想进行专业方面的深造，并希望去大都市看看。而她则考进了当地的音乐大学专攻钢琴。这里是保守的地方城市，她也是在保守的家庭里长大，独生女，父母不想把女儿送到东京去。因此，两人这是在出生后初次天各一方，简直就像是被上帝挥剑劈开了一般啊！
>
> 当然两人每天互寄书信。他信中写道：“也许这样暂时离别也很重要”，“因为只有在分离之后，才能验证彼此多么珍视和需要对方”。可是，她却并不这样想。她很明白，两人的关系十分真实，没有必要特意验证。这是百万分之一概率的、命中注定的结合，本来从最初就是不可分离的关系。她明白这一点，而他却不明白。或者说就算明白他也没能轻易地完全接受。所以，他才会毅然决然地前往东京。他可能是想通过考验使两人的关系变得更加坚实吧。男人往往会这样想。……

这是佐伯与青梅竹马的恋人的故事，被大岛称作“童话般的爱情故事”。而对于《海边的卡夫卡》的读者来说，在阅读这个片段的过程中，关注点或许会被头脑中浮起的柏拉图《飨宴篇》的阿里斯托芬之说——即“被上帝挥剑劈开的”恋人故事（文本内的）记忆所转移，因而难以唤醒村上春树文学谱系中的记忆。

不过，这恰恰是与《在四月某晴朗早晨遇见百分百女孩》中“我”的“假设”中的少男少女故事完全重合的情节。“百万分之一概率的、命中注定结合”的一对恋人，由于少年提出的建议——“只有在分离之后，才能验证彼此多么珍视和需要对方”，两人就经历了毫无必要的分离……而且，这个故事中的佐伯等二人也与《在四月某晴朗早晨遇见百分百女孩》中的少男少女一样，以失之交臂终结（少年的不幸死亡）。

这是《海边的卡夫卡》受到《在四月某晴朗早晨遇见百分百女孩》影响的部分——即便不能称作引用也可称作蓝本。如此推论，《海边的卡夫卡》即起源于《在四月某晴朗早晨遇见百分百女孩》，进而促使了《1Q84》的完成。因此，《在四月某晴朗早晨遇见百分百女孩》这部作品正是村上春树文学谱系的起源或原型。

基于影像的比较

那么，最后再来看看山川直人的电影《百分百女孩》中保留的《在四月某晴朗早晨遇见百分百女孩》，是否成功地实现了电影化。

以文学作品为蓝本改编的文艺电影，往往因其生成的方式获得劣于文学的定位。但是正像川端康成多次论述的那样，改编电影完全不必忠实于文学原作。因此，这里也并非是在究问山川直人是否忠实地对原作《在四月某晴朗早晨遇见百分百女孩》实现了影像化。本来从标题上看，就是两部不同的作品，所以需将电影作为其他门类艺术的独立作品进行评价。而且山川的作品只是11分钟的短篇，却受到1984年的Pia电影节[1]、爱丁堡国际电影节、伦敦国际电影节、哥德堡国际电影节、悉尼国际电影节等邀请并荣登《乡村之声》杂志第四位，堪称优秀短片电影作品。

而且，电影作品本身也完成得很好，成隆出版社将这部埋没的优秀作品制作成DVD推广亦为一大快举。此外在附带的解说小册子中有高水准的评语："《百分百女孩》是收入短篇集《袋鼠佳日》中略带苦涩的爱情故事。山川在电影化的过程中挖掘了原作的特色，较多运用了画外音解说。外景拍摄地就是现实中的原宿，片中巧妙组合了静态构成与实拍场景，以抒情手法编织'假如那时……'的平行故事。（中略）尤其是，《百分百女孩》之所以能够成为观众最喜爱的一部电影，毫无

1 Pia电影节（ぴあフィルムフェスティバル），以发现和培养新的"才能""创造电影界新环境"为主题的电影节，每年在以东京为首的日本各地区举行，简称PFF。

疑问是因为谁都会将‘假如那时……’强烈地隐藏在心中。”这就把原作的本质准确认定为“假如那时……”的非事实假想部分。

在严格区分前述原作与电影体裁门类的基础上，对电影作品本身给予充分的高度评价。倘进一步尝试与原作进行对比，“多用解说”的“发挥原作特色”的电影除了标题，耐人寻味的是与原作仍具有种种不同之处。

将“四月某个晴朗的早晨”改为“十一月某个晴朗早晨”，可能是为符合外景的实拍季节不得已而为之。不过，秋季却契合了作品内容的悲凉情调。将“1981年4月某个晴朗早晨”改为“1983年11月某个袋鼠佳日的晴朗早晨”，也是为了符合电影作品完成年份而进行的调整。因而可以接受。而添加定语“袋鼠佳日的”，也可以说是为了尊重汇编原作的作品集。

进而言之，将电影与原作进行过比较的风丸良彦（《电影化的村上作品②〈在四月某晴朗早晨遇见百分百女孩〉》/《再读村上春树短篇》，misuzu书房）评论说：“虽然在电影中，将‘我’向‘某’讲述路遇‘百分之百女孩’的故事情节改为‘我’在咖啡馆向朋友讲述的最低限度的影像设定，但观众的印象因此而固化也是源自影像制作中的不可抗力，实属无可奈何吧？这一点暂且不论，由于场景的简陋及对日常而凡庸的光景的描写，在‘我’所讲述的非日常性故事之间，产生了抒情式的、原作所没有的超现实性。这就是影像的看点。”这个看法可以作为参考。

同样，“我究竟该怎样与她搭话”呢？作为搭话方式的选项之一，原作采用的是——“请问，附近有24小时营业的洗衣店吗？”电影中则改为“嗨，美女”这种轻浮搭讪的词语，也可以看作是向观众送礼吧？

如上所述，山川的作品在忠实原作的基础上施加了种种有效的润饰，成为让观众喜爱的电影。不过在对此充分肯定的同时，也确实有几处与原作不同而难免令人惋叹。

例如，原作中描述的是“她从东向西走、我从西向东走。这是四月里一个神清气爽的早晨”“我与她的距离已近至约莫50米”“在花店门口，我与她擦肩而过”“我继续前行几步回首望去，她的身影早已消失在人群中”。原作中这段两人距离变化的过程，电影中全被删除。这个部分和“与她‘擦肩而过’之前不失时机地搭话”这般焦虑相关，电影中也应得到充分的表现。另外，“擦肩错过”的地点是“花店门口”，与此联动的下述描写也被整个儿剪掉（可能是为吻合较低租赁费用的外景地），更加令人遗憾。

> 我与她在花店门口擦肩错过。温馨的小小气团触碰着我的肌肤。柏油路面泼洒了清水，周围散发着玫瑰花香。我连向她打招呼都做不到。她穿着白色衬衫，右手拿着还

没贴邮票的白色长方形信封。她给什么人写了信。看她那困倦不堪的眼睛，也许写那封信用了一整夜。

而且，说不定长方形信封里就装着她的全部秘密。

这里描写的关于“她”的实景即使是在“我”的非事实假想中，也会出现两种形态——“邮局寄发快信”或“少女买邮票寄快信”。耐人寻味的是一种不难窥见的“假想”状态，其编织的基础却无法离开“我”之“实”。即便在电影改编拍摄的过程中，描写“假如那时……”心理感觉，也离不开前述“我”之“实”。此外，将假想部分的“4月某个晴朗早晨”改为“11月某个下雨的周三”是润饰剧本的大手笔。虽说正好相反，变成了脱离“事实”的“假想”，但是，也许能在这种大胆的改动中找到某种别样的意义。

从这种割舍“长方形信封”的改编来看，可断定山川导演未像成隆出版的写手那样将作品看成非事实假想。其决定性的表征就是，山川的电影虽然整体性完成度很好，最后却以“是个仿佛悲伤的故事”结局，作品中删去了最为重要的那句道白——“我真该那样对她说。”

不过笔者并非否定山川作品，亦非吹毛求疵地批评导演山川直人。

只是，如果当时（现场拍摄）山川导演意识到原作的非事实假想形态，肯定会呈现一部像原作一样更加令人喜爱的山川电影。遗憾的是，村上春树的粉丝没有成为山川直人的粉丝。

再论反实假想

不过前述风丸良彦注意到，电影忠实遵守了原作“慢读约需11分钟”的时间限制，对“再现完全遵守了原作朗读的时间感觉”予以肯定，并赞赏“从结果来看，电影为我们提供了对比小说朗读时间与电影观赏时间的恰当材料”。但是正如前文分析的，多处不同于原作的改编电影若不能以影像覆盖忠实的原作朗读，几乎就毫无意义。因为他完全没有意识到尤为关键的小说与电影的时间差，亦即电影具有的、无法现实进退的时间性。

评论对象从风丸转回山川。原作末尾切换了重要的独白——“我真该那样对她说”，丢失点晴之笔的理由，止与电影所特有的时间性问题相关。如果是阅读小说，掩卷之后可简略回顾并易于梳理——这个故事就是以“戏中戏”的手法构成的（匹敌于《夜半汽笛》的“故事”的）长比喻。实际上两个人物并未有过直接交谈，全都是“我”内心想象的非事实假想故事。因此，莫如说原作即使不要末尾的独白亦无妨。与此相比，在观赏电影时若想回顾前面部分却只能倒回画面重看。正因电影具有较强的时间艺术特征，播放的画面才会是“非事实假想”所假想的故事。为向观众强调呈示这一点，“我真该那样对她说”的独白自然是不可或缺的。

因此遗憾的是，也可以说，山川导演没有意识到原作的这种非事实假想。而对此进行比较论述的风丸良彦也认为，“‘我’冥思苦想当时该怎么办”而“创作故事”，“这个小插曲纯属虚构的性质已由‘很久以前’开始体现”。这种错误的论点同样只是把故事看成创作，并未考虑到非事实假想的特性。而且前述铃村和成也忽视了这一点。也就是说，小说与电影相反，完全可以割舍最后的独白。尽管村上春树在小说中已用心良苦地多次重复过“我真该那样对她说”这句重要的独白，可它对于这部超短篇小说的重要性却未得到充分的认识。

物语——虚构的力量

《镜中的晚霞》[1]

——故事的效用

梗概

我把孩子们哄睡后，被“说话的狗”邀去散步。我在与它相伴之前与妻子一起生活，去年在街头集市换回了它。我考虑在春季集市上换掉这只神气活现的狗，可它觉察到了我的心思，要我许诺不把它送到集市去。作为交换，它给我讲故事《镜中的晚霞》。在这广阔森林的某处有个镜子般的池塘，无论昼夜总是辉映着晚霞。谁能看到那奇异的美丽晚霞，谁就可以永远徜徉在其中。我虽然看穿这是它的信口胡言，但是承诺不送它去集市了。这个夜晚月亮出奇的皎洁。

1　所收：《象工厂的HAPPY END》（CBS索尼出版，1983.12.5）、《象工厂的HAPPY END》（新潮文库，1986.12.20）。

村上春树的超短篇小说很多都是长标题，但是这部作品的题名“镜中的晚霞”或“故事的效用”，不妨说长短适中。所谓“故事的效用”，当然是《夜半汽笛或故事效用》这个标题的一部分，但这部作品才可称作文题相合。

这是“会说话的狗”讲给我的故事。当“我”催促它“再多讲讲镜中晚霞的故事”时，它向我提出了条件——“需承诺明年春天不送自己去集市”。正像听完后“我”所感受到的那样，故事给听者带来“心情很好”的愉悦感和幸福感。这与真假无关。

小说中的“我”明察秋毫：“你刚才都是信口胡言吧？”狗却反驳说：“可是故事很有趣吧？”这就是说，故事是否有趣才是核心问题。而且，如下的对话也十分有趣——“不过，你可别忘了哦！就是春天集市那件事。因为主人已经许诺了嘛！”“我知道啦！”对话发挥了“故事的效用”而使那狗免于送去集市。

以上就是题为《故事的效用》的作品的框架——某者向某者讲故事以换取某种利益。例如，《一千零一夜》中的山鲁佐德就是以每晚讲一个故事为交换条件免于被处死。在这种情况下就产生了“故事的效用”。

或许可以说，如果是这种目的，讲故事者也可以不是“会说话的狗”，所讲内容也可以不是“镜中的晚霞”。这确实不过是千分之一的事例而已。但是由于“小屋里除此之外没有书”，就只能阅读“《1963年度版造船年鉴》”。这种与故事书相反的极端乏味的书籍就会促使真性故事的登场。而此时无论是狗还是猫，要求都是“会说话”。“会说话的狗是超过一切的稀奇存在”。

被这狗所讲故事的妙趣吸引而发生某事（此处即免于被送去集市）——就是本作品的主题。那么主题框架意味着什么呢？也就是说，“会说话的狗”是必然的要求，那么“镜中的晚霞”有其必然性吗？

本作的标题是“镜中的晚霞”。——“在这广阔森林某处有个水晶形成的小圆池呢！表面就像镜子那样光滑，而且总是映出晚霞”，那么，即使“水晶形成的”池子是莫须有的不可能，作品标题也可以换作“池中晚霞”。而标题却是“镜中的晚霞”，那又为什么非“镜子”不可呢？

那是因为“镜子”设定为营造虚拟现实的装置，正如下一章论述“镜子”以及在回顾日本古典文学传统时也能看到的，所谓《大镜（鉴）》《今镜（鉴）》《水镜（鉴）》《增镜（鉴）》等“镜”，都是作为在此营造三维现实虚拟世界的“小说”之替代称谓。而阅读《镜中的晚霞》这部村上春树创作的小说，首先要把握作品复杂交织的三重结构——即小说本体、“会说话的狗”所讲的故事，以及池塘比拟的“类似小说的”镜子。

在处于最外侧的作品之中（即使在现实中没有“会说话的

狗”之意义上应属非现实性），属于现实部分的故事主体（若采用“画框小说”的名称那就是画框的部分）中狗讲的故事“全是信口胡编”。即使在主体框架内（“画框小说”中画的部分），“我”问道：“你实际见过那个……镜中的晚霞吗？”狗答道：“没有。我只是从父母那里听来的。我的父母也是听他们的父母讲的。我不是说了嘛，这是古老的传说啊。”正像狗回答的那样，这个故事是超越了真伪的“古老传说”。而且正像在“画框”部分“我”被狗讲的故事所吸引，即使是在故事（画）中，那里的“镜子”充满吸引力，“看到它的人都想进入”，而且“已经进去的人永远徜徉在晚霞的世界里”。

巴斯蒂安着迷地阅读故事书并被带入故事，主人公阿特莱尤尤其生动。作者米歇尔·恩德在《永远讲不完的故事》中运用了这种“故事”结构，根据这部作品改编的电影《大魔域》亦很有名。而所谓“镜中的晚霞”则具有双重“大魔域”式的套盒形结构。掩卷之余只要读者持续发挥想象力，故事就会永无穷尽。这种“永无穷尽”的主题也以“永远在那个”“世界里徜徉”的形态，在《镜中的晚霞》中得到表现。而且，读者在其最外侧也会再次被带入《永远讲不完的故事》和《镜中的晚霞》，并“永远”存续其中。也就是说，画框和画描绘同一主题，而“会说话的狗”讲述的“镜中晚霞”故事亦具必然性。

套盒中的故事也具有“狗妈妈吓唬狗娃娃”常有的“故事效用”，趣味盎然。但是，实际上阅读中我们感受的“故事效用”或文学效用，并非只是“让孩子傍晚早点儿回家”的实用性功能，也许还是更加抽象的、朦胧的效用，莫如说相反令人在移情之余悲叹落泪。正因如此，即使在这里，狗免于送去集市的、某种意义上荒唐无稽的“效用”也具有寓言式的内涵。说到我们读书的效用，即使是不具现实意义的信口胡编，也会切实地产生某种变化，而且具有“永远”持续的可能。

《镜子》[1]

——虚构的真实性

梗概

刚才听了大家经验之谈，感觉用这种手法编故事有两种类型——遭遇幽灵型和预知型。这两种类型我都未曾体验过。不过，我也仅有一次发自心底的恐怖的体验。在高中毕业后当“浪人”[2]期间，我曾去某初中做过夜警。那是10月初某个月黑风高的晚上，我9点钟去巡查时未发生任何情况。但在后半夜3点钟时，我产生了一种极为奇怪的感觉就是不想从床上起来。虽然校舍里并无异常状况，可在返回勤务室途中却觉得

1 初出：《特雷福尔》（1983.2）；
所收：《袋鼠佳日》（平凡社，1983.9.9）、《袋鼠佳日》（讲谈社文库，1986.10.15）、《村上春树全作品1979—1989⑤》（讲谈社，1991.1.21）、《魔法之水》（角川恐怖电影文库，1993.4.24）、《最初的文学·村上春树》（文艺春秋，2006.12.10）、《与盲羊共眠的女人》（新潮社，2009.11.25）。

2 考大学或入职考试不中赋闲在家的状态。

黑暗中出现了某种形影。我用手电筒照过去，只见那是我自己，也就是说那里有一面镜子。但是当我望着镜中自己的身影暂歇片刻时，忽然发现了奇妙的现象——镜中的映像不是我。当时我只能有一个理解，即对方从心底里憎恨我。再过片刻，那家伙竟然伸出手来想要钳制我。我拼力朝镜中投出木刀，随即响起玻璃破碎的声音。第二天早上我去那里查看，镜子不见了。因此，我并未看到幽灵。我看到的只是我自己嘛。我忘不了那天夜里体验到的恐怖，并想到对于人类来说，世上难道还有比自己更可怕的东西吗？但是，你们注意到在这个家里连一面镜子都没有吗？刮胡须没镜子照会很费时间哦！我说的是真话。

选项·读解的相对化

这部作品在本书所论及的作品中也例外已有大量先行研究。其他超短篇几乎均未成为研究和评论的对象，相反这篇作品，如今已在高中国语[1]课本中固定成为教材，所以有不少国语教学领域内的教材研究论文。

例如略做调查即可看到，《新国语二》（尚学图书）、

1 此处“国语”指日本国语，下同。

《国语I（现代文编）》（东京书籍）、《国语综合》（大修馆书店）、《新编国语综合改订版》（大修馆书店）等教材均有采用。而且，在相关教科书出版公司为教员刊行的指导用书中，还介绍了作品的读解方法和授课指导等，并在此基础上展开了实践报告的案例和新的读解方案等。

或许有人认为，既然本书的目标在于发掘被埋没的超短篇，或者说聚焦于那些不起眼的超短篇，那么就没有必要特意论及该作。事实却并非如此。在指导书和教材研究的论文中，提示的大多是非常刻板的读解方法，甚至令人质疑——这种解读适用于国语课吗？这不就是国语课枯燥乏味的根本原因吗？就是说，提出异议自然而然。

因此，我们不妨也将这里设定为国语课堂，并尝试从如下提问开始。

“为什么在‘我’讲述体验谈的这个房间里没有摆放镜子？”

我们可以准备什么样的答案呢？即使在实际的（大学里的）课堂上提出这样的问题，大学生们也无法掩饰自己的困惑。这种反应说明，他们毫无疑问认为是因为害怕。当我叫他们认真写出害怕什么的时候，也大体是相似的回答。当我叫他们重新从下列选项中选择时，出现了令人相当感兴趣的结果。

1.因为镜子是制造虚伪现实的物品，所以厌恶。

2.因为很善于剃须而不用照镜子，所以镜子完全没有必要。

3.因为有过与镜子相关的不快经历，镜子本身就成了恐惧和厌恶的对象。

4.因为一直害怕在去往“异界”的通道镜子中再次出现怪物。

5.因为害怕再次照镜子又会出现“另外的我”。

6.因为知道自身的可怕，之后就不愿再看到自己的面孔。

7.因为不想让了解到镜子的可怕之处的听众产生恐惧感。

8.因为作为主人要在最后讲故事，所以为吓唬听众而做手脚。

9.因为今早在准备迎接“各位”听众进行清扫时打碎了镜子。

10.因为害怕已经成为“我”的“另一个我”再次返回。

那么，大家的回答如何呢?

即使是在听课人数超过150人的教室里，最初以简述回答的方式书写的答案都大致相同。若与前述选项对照，就是第3、4、5或与第6接近的内容。接下来叫学生们以客观十选一的试题形式与自己的简述答案“磨合对接”。在尝试将先前模糊的回答与十选一的某个相同选项对接的过程中，可以重新认识到更加准确的内容。不过，有趣的还在后边。在这个阶段，既有确定选项答题完毕的学生，也有其他类型的学生。这里也与灵异现象的经历相同，“觉得如果大致分类可以分为两类”。

另一种类型：确认选项相同之后，通览与自己答案相差较大的其他选项，通过对接、调整、触及当初（只靠自己思考）没有想到的观点，比较先前的简述解答或可能的选项，重新选择了完全不同的其他选项。

像考试中心等就是这种情况的代表。社会上对五选一的客观选题有不恰当的贬批倾向，似乎认为这种试题就是用“滚铅笔法”（类似掷骰子）也能答出来，不用动脑筋，实在没意思。但是根据上述实例亦可看出，这种贬批并不准确。滚动六棱铅笔确实也能根据标在棱面的数字确定（某）选项，但绝不可能（必然）碰对正解。而且与选择式的客观试题相比，在测试思考能力的简答型试题中，这样做就像戴着眼罩的马，一旦搞错解题方向就再无修正轨道的机会，必然是一错到底的莽撞举动。而在客观选择题中，则可借助通览其他选项避免出现那种莽撞的举动。莫如说作为将自己对象化、将自己的思路相对化的训练方式，选择式的客观题十分有效。

鉴于上述具体问题，在看到当然错误的第7个选项时，就能想到——嗯，这个试题的解答不仅要考虑到自己的心情，还要照顾到被称作“大家”的听众。这样就能发现正确答案，或者说应该能够发现。

也就是说，正确答案是第8选项。或者说考虑选择第8选项会使作品更加有趣。

这是为什么呢？接下来进行具体论述。

作为故事形态的灵异物语

但在被称作“大家”的若干听众面前，主人“我”最后讲起惊悚的体验。这部作品的框架，毋庸赘言沿袭了《百物语》的形式。例如每讲一个灵异故事就会熄灭一根蜡烛，而当最后一根蜡烛熄灭后，就会有灵异出现。在《百物语》题名的作品中，森鸥外的作品最为著名。近来则是京极夏彦的《巷说百物语》系列较为有名，还有手冢治虫和杉浦日向子的漫画、白石加代子的独角戏系列等也广为人知。过去使用《诸国百物语》这种形式的怪谈集总标题，几乎与“怪谈集”是同义语。但是本应是表示上述形式的故事会集，最后却出现了（实情不知）妖怪幽灵之类神怪现象（结局）。

从这个意义上讲，《镜子》中出现的灵异虽然不是所谓的幽灵，但通过“没有比自己更可怕的东西”这种形式，在听到“我”的体验谈的“大家”即听众的内心中毕竟出现了幽灵般的恐惧——这种情况完全可以说是百物语的实现。从这个意义上讲，堪称村上春树式巧妙谋设之作。

但如果是如下的解读方式，不仅会失去作品的意趣，还会失去文学阅读的意趣——“‘我’在讲述自己的内心，即使是虚构”，亦可认定“该作在村上的作品系列中略有异类特质”（A出版社指导书）；或“受到另一丑恶自我的支配而形象渐变带来恐惧”，乃令人“脊背发凉的沉重主题”（B出版社指导书）。若将作品当成惊悚故事阅读，终究只是“我”的体验谈，而脱离了作品《镜子》本身。在指导书解说者们的读解引导下，“大家”也被迫作为惊悚故事来听，作品就被设定为所谓“百物语”式的灵异故事。这种时候，“我”在最后讲述的（真正作为第100个故事的）体验谈，便在其后灵异出现的周围的预感、期待和不安中，当作了回应期待的、“我”的创作演绎之虚构来阅读。

也就是说，按照前述第8选项，“作为主人要在最后讲故事，所以为吓唬听众而做手脚”，便将镜子从房间里移除，套用“学校灵异故事”的模式，村上讲述的是“似乎一旦说出就会再次发生”“此前从未对任何人讲过”的故事。“我”特意以破例讲述故事的语气，让听众产生灵异即将再现的预感，并加入房门毁坏时的音效，采用巧妙的讲述方式实现百物语的意境。这是一种令听众惊悚的哄骗式讲述模式，如果能读出这种虚构的讲述的妙趣，虚构作品《镜子》应该会变得妙趣横生。

国语教育式 / 道德教育式读解

如果一线教师在课堂上按照前述指导书讲解该作品，未必能使高中生领略到村上春树的意趣和文学的意趣。当今，文学在国语教育中的定位是个大问题，而这些作品应作为向学生传授文学意趣的最适合教材。但如果那些应该引领国语教育的教材指导书和研究论集所提供的是削弱其魅力的读解模式，就只会将航船划向——将文学逼入死角的潮流。

说不定，拙著的读者中也有同样脑筋稍显顽固的人。本书特意通过选项进行了引导，但他们依旧不愿承认第8种读解。那我们就再做些补充说明吧！

毋庸置疑，我们在国语教育的语境中不胜其烦地经历过此类体验。例如在芥川龙之介的《罗生门》中，下人（主人公）犹豫再三选择了为盗，因而要看他的利己主义；在中岛敦的《山月记》中，李征看重自己的写诗成就胜过妻子，因而要看他那种名为“懦弱自尊心”的利己主义；在夏目漱石的《心》中，“先生”的叔父与“先生”虽然平时都是善人，可一旦遇事就变成了恶人，因而要看这种转变过程；在森鸥外的《舞姬》中，太田丰太郎致使舞姬怀孕且精神失常并抛弃她回国当官，而且像要转嫁责任般地对朋友心怀怨恨，因而要看丰太郎的自私与任性……因此对于已有诸般不良经验的我们，“我”最后的设问“对于世人来说，世上还有比自己更可怕的东西吗”确实会带来强烈的反应。

自我确实是可怕的，不仅会在极端状况中变成下人，还会像“先生”那样不知何时变成恶人并背叛朋友，很难断定不会变成下一个太田丰太郎。如果这样解读的话，或许真的可以说这个世上没有什么比自己更可怕了。“大家”可能都这样理解，而我们读了这部作品，即使有时也会沉浸在这种感慨中，但其本身并非坏事。因为自我确实是可怕的。

江户川乱步也做出过同样的论述。

在大正十四年的《某种恐怖》（《恶人志愿》收集）中，江户川乱步列举了多种惊悚现象，然后做出如下解说：

> 但是，归根结底，比以上任何东西都可怕的难道不是人类吗？不就是我们在窥视自己内心时所产生的深刻恐惧吗？我在这里谈论世上什么可怕，却感到没有比我自己更可怕的东西。我来做个浅近的举例，各位读者，请对着镜子定睛凝视自己的面孔！难道没有从自己的面影中感到深深的恐惧吗？

不仅是对自己的恐惧，讲到照“镜子”产生恐惧感，不妨说正是相当于第6选项的感慨。

乱步还在昭和三十一年（1956年）的《厌恶之物》（《续·幻影城》所收）中再次发出同样的感慨：

“厌恶”与“恐惧”具有共通点。我到40岁之前，一直对昆虫中的蜘蛛害怕得要死。我之所以不那么怕蛇，就是因为自己厌恶蜘蛛那种形状恐惧到了极致。而现在却不再害怕也不那么厌恶了。仔细想来，最可怕的就是自己。所以我害怕镜子。尤其害怕能将自己的面孔映出百倍变形的凹面镜。为什么害怕呢？因为我不知道自己这个东西的本来面目。其他人或动物的可怕都是间接性的，能够逃避。无法逃避自己令我恐惧万分。

即使作为《镜子地狱》的作者的言论，其中也有意味深长的内容。这段话不仅符合乱步，亦可当作普遍性的告白来听。在此基础上，我们可能还想在村上春树的《镜子》中也读出对自己的恐惧感。

说到底也是“自我”的体验谈。听过读过之后的感慨和理解的主题、阅读《镜子》后的感慨（体验谈包容于《画》中亦与《画框》一作相关）以及所谓理解的主题，基本上完全是不同质的东西（例如《镜中的晚霞》是套盒型结构，同时可具有同心圆式的相同主题）。

心怀与作品中“大家”相同的感慨，将自己的可怕作为作品主题来解读，或许正是读者移情于作品中人物“大家”的结果。而且可以证明，村上春树的《镜子》确实具有同步于此类作品世界的力量。但是，以此为由而看不到作品的整体形象，仍旧难说对作品有了充分的解读。

莫如将《镜子》的作品化看成读者内部与作品世界同调的机理本身。

作为哄骗的叙述

本来选项3至7都是以一种超常现象为前提做出的解释，“我”（虽未看到幽灵却）实际体验了门厅墙上出现本不存在的镜子并在翌晨突然消失。幽灵或妖怪不仅是人或妖猫等动物有机物的变身，无机物也会有，如唐伞妖物、《涂壁》或《一反木绵》等。既如此，发生镜子、妖物之类灵异现象也不难理解。某夜窥见这种灵异现象的“我”，此般体验不知该归类于“幽灵”还是“预知”，反正绝非属于“散文性”的特异体验，应属此类主题充溢的百物语“灵异体验谈”。但是“我”却反其道而行之。莫如说如此焦点化地讲述灵异故事，其实是在明显损害近代小说的写实性。——是的，现实中不可能存在那种现象。

另外，若果真如此，本无镜子的场所突然出现了镜子，倘频频发生这种异常现象，那么即便在3、4、5的某个选项下（欲藏匿镜子却处处出现镜子），也绝对不会成为将镜子从自家移除的理由。

根据以上两点亦能得出正确答案是选项8，而且有必要回忆一下，我们多次体验过的（即使并未采取百物语的形式）、修学旅行夜晚讲述的鬼故事，也并不完全是自己亲身体验的事实。

例如，其中多数应该都是传闻的形式——“这是我听前辈讲的……”另外，即使是在实际的古典百物语中，在第100个故事之后也并未真正地出现灵异。关于这一点，渡边正彦在《八　村上春树的分身小说群》（《近代文学的分身像》，角川选书）相关研究中介绍的故事中有所阐释：“沉着镇定的武田信行在黑暗里射中的妖物是条粗壮的人的大腿，点灯再看却是方才坐在那里的武士的大腿——这是其后的结局。”本来无论在上述哪种情况，如若不是这种结局，可就大事不好了！不仅是学校的厕所，恐怕整个世界到处充溢魑魅魍魉。虑及于此不难理解，“我”的言说统统是事实的想法，严重地偏离了常识。

不过，我们仍可进一步探讨《镜子》讲述时的巧妙结构。

本来，《镜子》故事中的故事相当于“我”的体验谈，这部分（并非两位作家分工，即A作家写外层结构、F作家来写内层结构）也是由外部虚构的作家村上春树所创作，那么恐怕不能认定体验谈必然也是虚构。而且《镜子》重复反转的展开也应是答案的暗示。

虽已表明未见幽灵却开始讲述（灵异故事式的）百物语，虽已表明未见幽灵却（如同百物语般）出现了幽灵，以为是幽灵出现其实是镜中映像的“我”自己，以为是“我”自己其实是“我以外的我”——这样的故事展开再度说明自己虽然受到了镜像的惊吓，其实那面镜子根本不存在。虽然不存在，但自己对镜子的恐惧感却依然残留。这一连串的重复反转确实是一种“镜子”的象征（如选项1处于制造反转、疑似现实的小说之相似关系中）。在那间没有镜子的房间里，村上春树将“我”作为镜子，使听者心中产生世上没有比自己更可怕的东西那般恐惧感，作者以此方式实现了百物语的效果，百物语中所讲并非幽灵而结果却在内心产生了恐惧。正确的理解应该是——那是“我”所创造演绎的灵异故事。

但是前文中也曾提请注意这部作品具有特异点，即并未将作品中除“我”之外的人物前景化。（这种形式与《麦田里的守望者》相通，并未采取表面上重视听众的独白形式。这似乎可称之为颇为有趣的影响问题）正是作为与其相关联的事项，设问中提及关乎理由的镜子的有无，其形态亦非能够确认其他人物的第三人称的客观描述（因此无从向读者确认），而是以如下的设问方式来表达——“你们是否发现这座房子里一面镜子都没有？”那座房子里，至少是那个房间里没有镜子，不是旁人而是我将此作为话题。——我们还应注意这部作品的话语结构。仅就这一点来看，选项8也是独一无二的原因。

另外作品以“真事”结尾，但它证明了世上的故事中有“真实的故事”和并非真实的“故事”。同样在“我”的故事中，插入了（作为百物语第99个故事的）电梯内女幽灵的故事。其中的朋友虽与“哄骗型”无关，人的言论却有“哄骗型”和“非哄骗型”两类。也就是说，存在着“真实型”和“哄骗型”。既然如此，那么作为第100个故事的“我”的体验谈究竟是哪一种呢？这种作品的框架本身向我们提出了疑问。

而且关于电梯里那个女幽灵，“我”主张“刚才绝对没有女人乘坐电梯”，而被认为是“尽管他们看到了幽灵而我却完全没觉察到”。如果此处他们并非“哄骗型”的话，那么我就是“哄骗型”。通过“我”一个人主张那个实际上乘过电梯的女人“并未乘过电梯”，视若无见便产生了实际存在的女性变成幽灵、日常变为超常的可能性。（也就是说，即使是这第99则故事，也可以是由那4人同乘电梯的情节编排的纯属虚构的故事，这样的话就完全变成无中生有了。）所谓讲故事也有可能就是这种哄骗行为，可以随心所欲地将有说成无或将无说成有。

像这种文学和小说的虚构所具有的力量和魅力，正是《镜子》这部作品向我们表现的东西。

登场人物的越界——虚构的接受与创新

《夜半蜘蛛猴》[1]

——侵蚀现实的写作

梗概

深夜两点钟，我坐在书桌前写作，蜘蛛猴扒开窗户入内。我问："呀呀，你是谁？"蜘蛛猴说："呀呀，你是谁？"我说："别学我。"蜘蛛猴也说："别学我。"一旦被模仿狂夜半蜘蛛猴缠住就会没完没了，我乱说一通想难倒它，可无济于事，它还是能够准确地复述。我说："よせよな（别闹啦）。"蜘蛛猴也说："ヨセヨナ。"我想指出它说的是片假名："不对哦，我刚才是'平かなで言ったんだ（用平假名说的）'。"蜘蛛猴答道："不对哦，我刚才是'比良かなで行ったんだ（用片假名说的）'。"我觉得不管对蜘蛛猴说什么

1　初出：《太阳》（1993.4）；
所收：《夜色阴云》（平凡社，1995.6.10）、《夜色阴云》（新潮文库，1986.10.15）、《村上春树全作品1990—2000①》（讲谈社，2002.11.20）。

都没有用，于是放弃沟通继续我的工作。可是，当我按下打字键盘录入后，蜘蛛猴就默不作声地按下复制键——嗒！可是，当我按下打字键盘录入后，蜘蛛猴就默不作声地按下复制键——嗒！よせよな。よせよな。

本书将“超短篇”作为解读的对象，并将副标题设定为“我们怎样解读村上朝日堂的16部超短篇”，也是因为注意到了如下几个系列——《对了，问问村上先生吧——众人砸向村上春树的282个大疑问他能解答清楚吗》《这些话得跟村上先生说说——众人砸向村上春树的330个问题他能解释清楚吗》《尝试用村上方式做做看——众人砸向村上春树的490个问题他能解释清楚吗》。同时正因收入本作品的超短篇集《夜半蜘蛛猴》，另有“村上朝日堂超短篇小说”的副标题，本书就没有道理不论及该书的标题作品《夜半蜘蛛猴》。

不难判断，既然有标题作之誉的《夜半蜘蛛猴》占据收有全部37篇作品的《夜半蜘蛛猴》第二部卷首之作位置，可以断定作者村上春树对此也曾深思熟虑。

那么，《夜半蜘蛛猴》究竟是怎样的作品呢？正如梗概内容所示，那是个荒唐无稽的故事。

说到“蜘蛛猴”是什么，也许很多人都以为这是村上春树的自造词，是杜撰的活物。其实是真实的存在，包含于哺乳纲灵长目卷尾猴科蜘蛛猴属中的动物的总称。上网搜索可以看到，在旭山动物园网站主页上登有一则报道："遗憾的是公开后不久，蜘蛛猴就跟水豚发生了冲突，一只蜘蛛猴死掉了。其原因是爱搞恶作剧的蜘蛛猴捉弄水豚，被发怒的水豚咬死。不过它们现在生活得很和睦。"虽然蜘蛛猴这种动物很有意思、"爱搞恶作剧"，但它根本没可能在东京市中心游走并从窗户进入房间。既然如此，那么本作中的蜘蛛猴恶作剧意味着什么呢？村上春树的这部作品究竟要描写什么呢？我们读者应从这部作品中感受什么乐趣呢？应该关注哪里、以什么作为主题呢？

最初颇感困惑的读者也应注意到，蜘蛛猴复述"呀呀，你是谁？""呀呀，你是谁？""别学我。""别学我。"（"マネヲスルルンジャナイ""マネヲスルルンジャナイ"）"へっぽくらくらしまんがとてむや、くりにかますときみはこる、ぱこぱこ"[1]"へっぽくらくらしまんがとてむや、くりにかますときみはこる、ぱこぱこ"。蜘蛛猴被看作模仿狂，其实就是电动打字机变换功能的意谓。如果只是单纯的"模仿狂"在鹦鹉学舌地复述"我"说过的话，那么"蜘蛛猴用片假名模仿的'マネヲスルルンジャナイ（别学我）'"

1　意义不明的随意键入，无法翻译（笨蛋、晕眩、漫画刚一完、栗子和栗子、你浑身是血、啪嗒、啪嗒）。

也就不成问题，而“我”关于“字是否错误”的语句也就不能成立。“我”的话语可以说是在头脑中想象的话语，想必应该把蜘蛛猴复述的话语看成显示器上显示的（变换过的）数码文字。

说到蜘蛛猴为什么被称作“蜘蛛猴”，那是由于“它用四肢和尾巴吊在树枝上的样子就像蜘蛛”，据说它能靠“四肢和尾巴十分灵巧地在树枝间腾挪移动”。而且，据说其尾巴上还有类似指纹的尾纹，可以防止从树上滑落。这样一来，它“手部的拇指已经退化”（以上引自《日本大百科全书》小学馆）变成了四根手指，取而代之四肢加上尾巴就像有了五根手指，整个身体看似人手的形状。那么，头脑中的语言·思考（A）就变成了显示屏上的语言·文字（B），似乎也可以这样认为——此时放在键盘上的人的手掌正是“蜘蛛猴”的寓意（村上春树自己是否有此意图另当别论）。

这样的话，接下来还可以发现像“よせよな”“ヨセヨナ”“違うぞ、今のは平かなで言ったんだ”“違うぞ、今のは比良かなで行ったんだ”“字が違ってるじゃないか”“時が違ってるじゃないか”的标记偏差，或许就是模拟录入时变错汉字的结果。这种游戏对于使用电脑的人想必相当有趣，而且看似荒唐无稽的作品的寓意得到了阐明，我们读者心里也总算有了着落。（令人悲哀的是我们找不到作品中的主题或寓意就会感到心无着落）而且，以此为乐的游戏的作品在《夜半蜘

蛛猴》以前，应该也是想要多少都能找到。小松左京、筒井康隆似乎也有类似作品，还有清水义范的作品《打字机爷爷》（收入讲谈社《永远的杰克和贝蒂》）。

从“年寄りだって、ワープロ暗い夜欄と、若い物に馬鹿されると思ったんだが、どうも性能が悪い。的もな児は出せんのか”开始，到结尾“しかしホープロは馬鹿な機械だな”，在这篇以75岁老人的书信为全文的作品中，处处都镶嵌着变换错误的汉字。而且，真不愧是清水义范，变换错误的不仅仅是汉字。同住的二儿子委托他向大儿子转达寄送放弃遗产继承权利文书的事项，可他最后想起昨天与二儿子吵过架就生气地想——“耄碌氏单邪内科とは何事だ。”“もうあんな奴には何もやらん。全部長男のお前地にやる。本気だ。”这样就连方向都转换错误了。[1]

从20世纪80年代后期开始，社会上开始普及电动打字机，积极尝试的作家也开始使用，有些作家还以这种汉字转换错误所产生的并不巧妙的违和感为乐趣，无所顾忌地充分地戏玩了一把。

不过我并非因此指称《夜半蜘蛛猴》也是猴子学样，缺乏新意，毫无趣味。倒不如说，它与20世纪80年代先行的汉字转换错误小说不同，可以认为村上春树已经从中脱颖而出。

---

1 这里强调的是日文的误用，无法翻译。

我叹了一口气。不管我怎么说，蜘蛛猴都不会懂。我不再说什么，默不作声地继续工作。可是，每当我按下打字机键符时，蜘蛛猴就默不作声地按下复制键——嗒！可是，每当我按下打字机键符时，蜘蛛猴就默不作声地按下复制键——嗒！よせよな。よせよな。

这是作品的结尾部分。“可是，每当我按下打字机键符时，蜘蛛猴就默不作声地按下复制键——嗒！可是，每当我按下打字机键符时，蜘蛛猴就默不作声地按下复制键——嗒！”这里的重复绝不是“蜘蛛猴”的“模仿”，即前者并非“我”说的话而是话外部分。那么，后者究竟是说什么呢？复述这些话的又是谁呢？

在这部《夜半蜘蛛猴》中应该享受到的乐趣并非“蜘蛛猴”从窗户进入工作室的荒唐无稽，也不是这句台词，而是重复话外部分的超现实的状态。但在便捷的《村上春树作品研究事典》关于《夜半蜘蛛猴》一项中，却解说为“在最终阶段复制话外部分的是我（将‘私’错写成‘僕’），这样的现实都囊括在了打字机中”。而且，“这既是一部享受表现手法失控的短篇，也是能够欣赏一种谐趣的作品。它将模仿者闯入自己生成文章的过程这种创作现场的苦斗状态，比拟表现为蜘蛛猴的侵入”。（星野久美子）这样的论述亦可作为参考。

可以说，《夜半蜘蛛猴》也能当作围绕元叙述式写作意义的作品来读解。话外部分的重复，正是打字机功能的写作在元层次被对象化的表现。

如果模仿所收文集《夜半蜘蛛猴》中“附赠”的《早上的拉面之歌》，此《夜半蜘蛛猴》另一个有趣的“へっぽくらくらしまんがとてむや、くりにかますときみはこる、ぱこぱこ”就是在寻找答案——这真的只是信口开河吗？是否有什么隐藏的意义？总之这是受到学生的教示，仿佛在电脑记事本中录入“我”的道白并进行预测转换，就统统成了“蜘蛛猴”的话语。但是这种灌输也是不可忽视的。村上春树擅长回文等文字游戏。因此不能以为这里没有任何机关。其中是否隐藏着某种有趣的意味？请思考一下吧！

FUN、FUN、FUN[1]

——登场人物的相遇

梗概

在“海滩男孩”的很多热门歌曲中，我最喜欢1964年的*FUN、FUN、FUN*。无论节奏还是旋律都十分欢快，而且歌词也写得极好。我只听歌词，眼前就会飘然浮现一幅画面。

驾驶1964年款的福特雷鸟流线型红色跑车的马尾辫女孩，撒谎说要去图书馆，借来父亲的轿车开出去扬扬得意地向大家炫耀。男孩立刻驾车与她开始追逐赛。但是，大家都比不过雷鸟轿跑。可是，后来父亲发现并将车收回。

在1964年驾驶雷鸟轿跑的女孩如今应该已过35岁。她如今会在干什么呢？也许天天都去简·方达的健身房，也许住在电影《外星人E.T.》中的新区公寓里，正在聆听巴瑞·曼尼洛

1 所收：《象工厂的HAPPY END》（CBS索尼出版，1983.12.5）、《象工厂的HAPPY END》（新潮文库，1986.12.20）。

的歌。我如今依然常常想起你和那台红色的雷鸟轿跑哦！

在村上春树的处女作《且听风吟》中，也有一张收入“海滩男孩”的《加州女孩》黑胶唱片。尽管这张借了未还的唱片没有回到高中时代女同学手中，但是依然被赋予了联结“我”与缺小指女孩的重要作用。而且，在第13章就直接采用了《加州女孩》的歌词。那无疑也是村上春树自己的译文，而其后他又作为美国文学的译者活跃于文坛。他独具特色的文学风格已在其处女作中显现，令人兴趣盎然。

除此之外，他还效仿披头士的单曲名称*Day Tripper*采用了《32岁的一日游客》（《袋鼠佳日》），就像《世界尽头与冷酷仙境》（史琪特·戴维斯的《世界末日》）和《国境以南、太阳以西》（纳京高的《国境之南》）那样，借用歌中某个部分，或者像《去中国的小船》（《去中国的小船》索尼·罗林斯）、《纽约煤矿的悲剧》（《去中国的小船》比吉斯）、《挪威的森林》（披头士）、《神的孩子都跳舞》（《神的孩子都跳舞》巴德·鲍威尔）那样，直接借用歌曲名称创作了很多作品。

其中有一部作品是*FUN*、*FUN*、*FUN*，论及“海滩男孩”在1964年的热门歌曲*FUN*、*FUN*、*FUN*。其歌词最初便是村上春树自己的译文：

向老爸说声
——我去图书馆
车借到手就大功告成
她得意扬扬驾车出门
从汉堡包店前疾驰而过
收音机音量开到最大
开足马力风驰电掣
尽情地享受快乐
直到爱车被老爸收回

而且他对*FUN*、*FUN*、*FUN*的评价是：“无论节奏还是旋律都十分欢快，歌词也写得极好。”还说“只听歌词，眼前就会飘然浮现一幅画面”，他还对画面做出了如下介绍：

> 驾驶1964年款的福特雷鸟流线型红色跑车的马尾辫女孩，撒谎说要去图书馆，借来父亲的轿车开出去扬扬得意地向大家炫耀。女孩们都眼神茫然地望着她，男孩们立刻驾车与她开始追逐赛。但是大家都比不过雷鸟轿跑。不过后来被父亲发现并将车收回，令她十分沮丧。

这就是说，（从作者村上春树的水准来讲，以上就是采用浅显易懂的方式对*FUN*、*FUN*、*FUN*的歌词进行更加具体的说明和描述，但）若按作品中“我”的考虑，就是以如下形式进行的讲述——让读者也看到“只听歌词眼前”就“飘然浮现”出“景象”。

在《村上春树作品研究事典》中有评论说，虽然“色彩鲜明的影像在眼前展开”，但“这未必忠实于原歌词”，“没有一句唱到她是‘马尾辫’，说到底也就是听这首歌的‘我’所编造的形象”（西野浩子）。这是理所当然。因为，就算文字媒体中穿着“红衬衫”的形象被特化（而未提及裤子），改编电影中看到教务主任穿着裤子就抗议说“不忠实”也毫无意义。即使配有悦耳的音乐，在话语（歌词）触发影像（情景）时，话语的信息量会显著减少。

但此“情景”之后得以继续，“对‘我’来说这样很快乐”。且以说明原因的方式，介绍了歌词的后半部分。

欢乐时光结束
你是这样想的吧
快来跟我在一起
就算没有雷鸟轿跑
我们也一定能尽情欢乐

“就是这样的内容。”原来如此，正像“歌词写得极好”所讲，这是一首“欢乐”的歌。

作品集《象工厂的HAPPY END》收集了村上春树与安西水丸合作打造的轻松文章，*FUN*、*FUN*、*FUN*作为其中的一篇，本身就足够令人期待。而且，由于村上春树自己进行了翻译，因而成为具有充分卖点的超短篇。不过，这部作品还有更加有趣的内容。

作品像下面这样表现了此时（若按作品发表时间来算已过近20年）的心理活动。

> 在1964年驾驶雷鸟轿跑的女孩如今应该已过35岁。她如今究竟在干什么呢？也许天天都去简·方达的健身房，也许住在电影《外星人E.T.》中的新区公寓里，正在聆听巴瑞·曼尼洛的歌。

将思绪驰往主人公如今的现状，最后的结句是："我如今依然常常想起你和那台红色的雷鸟轿跑哦。"并非向别人而是直接向女主人公诉说，以这样的独白完成了作品。

也就是说，这里是以听音乐的方式，讲述进入该作品世界的听者与作品中人物的相遇。"只听歌词，眼前就会飘然浮现一幅画面"指向的正是登场人物出现在眼前。这令人感到熟悉的作品角色，如同实体一般历历在目，以至于特别想向对方打招呼。而且，这并不仅仅局限于那些秋叶系的青年宅民，凡观看动漫，聆听*FUN*、*FUN*、*FUN*这样的音乐，观看喜剧表演，阅读漫画书，阅读小说作品的人，都有可能产生这样的现象。这种现象与论述《镜中的晚霞》时介绍的米歇尔·恩德的《永远讲不完的故事》（电影《永远讲不完的故事》）相同。

正如巴斯蒂安进入故事世界那样，沉迷于“欢乐”歌曲的聆听和手心出汗惊险故事的阅读，正是我们进入作品世界的状态。或者说没有了作品世界与现实世界的界限，登场人物就从那个世界出现在我们的面前。阅读故事就等同于与作品世界中的人物相遇，别无他解。

而且成为可能的原因是作品的出类拔萃，至少作者能够产生那般感受且能令之实现。村上春树在几年后，就对包含*FUN*、*FUN*、*FUN*的“海滩男孩”的歌曲阐述过他的同步感。转引如下：

> 我最初遇见“海滩男孩”的音乐，是在1963年。当时我14岁，那首歌名叫《冲浪USA》。当我第一次从桌上小小的索尼牌半导体收音机中听到这首流行歌曲时，真是名副其实的目瞪口呆了。我真想一直听下去，因为我无法具体描述它是何种形状、具有何种感触，可那首歌曲却若无其事地从中呈现出那种音响。（中略）说得稍稍夸张些，简直就像脑后受到柔软钝器击打的震动。我心里想：“那帮人怎么如此清楚地了解我想要什么？”“海滩男孩”就是那帮人的名称。而且，从那时起，“海滩男孩”的存在

就成了我的青春的一个象征，或者说，成了一种痴魔（附体不离的观念）。我就从那时起，毫无保留地与“海滩男孩”的音乐相伴生活了一段岁月。

例如*FUN、FUN、FUN*，*I Get Around*，*Surfer Girl*……

“布莱恩·威尔逊”/《没有意义就没有摇摆》

而且，这应该与我们初识村上春树文学时所受到的震撼完全相同。

《1963/1982年的依帕内玛女孩》[1]

——关于“互联”

梗概

在1963年，“一位身材苗条、晒得黝黑的年轻漂亮的依帕内玛女孩从这里走过”（这是在当时流行的歌曲，名叫《依帕内玛女孩》）。在时过近20年后的今天，她仍像以前那么年轻地走着。

每当我听到这首歌，就会想起高中的走廊。不知是何缘由，没有什么清晰的思绪脉络。说到高中的走廊，我就会想起什锦沙拉。这里也是没有什么清晰的思绪脉络。而什锦沙拉让我想起的是以前稍有了解的一位女孩，因为她总是吃蔬菜沙拉。

1 初出：《特雷福尔》（1982.4）；
所收：《袋鼠佳日》（平凡社，1983.9.9）、《袋鼠佳日》（讲谈社文库，1986.10.15）、《村上春树全作品1979—1989⑤》（讲谈社，1991.1.21）。

在“很久很久以前”，某位哲学家这样写道，“曾有过物质与记忆被形而上学深渊分隔的时代。”不过，《1963/1982年的依帕内玛女孩》依然继续走在形而上学的灼热沙滩上。我向她打招呼，随后一起喝啤酒。她的脚掌也长得形而上学，甚至连海浪声都那么形而上学。

从那以后我们不再交谈，但我依然感到我们的心在某处相连。在何处相连我并不清楚，一定是在遥远世界的某个奇妙的场所吧？

无脉络记忆

这里所论及的作品标题“1963/1982年的依帕内玛女孩”也是出人意表。“1982年”是作品发表的年份。而“依帕内玛女孩”是巴西作曲家安东尼奥·卡洛斯·裘宾在1962年作曲的巴萨诺瓦（新派爵士乐）名曲的曲名。村上春树作品标题中的“1963”，就是世界最有名的《依帕内玛女孩》版本发行的年份。它原先收录于美国神韵唱片公司录制的歌曲集《盖兹/吉尔伯托》中。吉尔伯托夫妻中的丈夫乔安用葡萄牙语领唱，妻子埃斯特拉德用英语接唱。正像作品中描述的“在史坦·盖兹那天鹅绒般的萨克斯上，她永远是18岁的、文静而温婉的依帕内玛女孩”那样，这首歌采用了美国著名白人爵士萨克斯演奏者史坦·盖兹的演奏的形式。

现在听听村上春树自己翻译（或许没错）的歌词是什么样的吧。

> 身材苗条、晒得黝黑
> 年轻漂亮的依帕内玛女孩
> 从这里走过
> 踏着桑巴节奏的步履
> 潇洒地摇摇摆摆
> 温婉又婀娜多姿
> 我真想说声
> 喜欢你
> 把我的心献给你
> 你却不理不睬
> 只是默默地望着大海

那么，说到《1963/1982年的依帕内玛女孩》的标题中为什么会有“1963/1982年”，就因为是在这两个年份听了《依帕内玛女孩》这首歌。也就是说，“在1963年，依帕内玛的女孩曾这样望着大海，而如今1982年的依帕内玛女孩依然这样望着大海”。

《依帕内玛女孩》在发售当年就实现热销，占据了美国

《公告牌》第二位宝座并在日本流行。而且无论爵士乐还是摇滚乐，高中时代（1963年，14岁还是初中生）的村上春树就倾心于美国音乐，想必特别喜欢盖兹参与的这首歌曲并听得着迷。正因如此，他才会说“每当我听到这首歌，就会想起高中的走廊”吧？“为什么我一听到《依帕内玛女孩》就会想起高中的走廊呢？自己也不太明白，并没有什么清晰的思绪脉络。1963年的依帕内玛女孩究竟在我的意识深井中投进了怎样的小石头呢？”这种联想不如说容易了解，经历过“春树游”的人都知道，漫步神户周围、走访春树出身的兵库县立神户高中就会明白，位于山腰风格古朴的神户高中与作品中描写的完全一样——“昏暗而稍显潮湿的高中走廊，天花板很高，走在水泥地板上，会发出咔嗒、咔嗒的回响。虽然北侧有几扇窗户，但因离山体很近，走廊里总是昏暗无光。并且通常都很安静。”

但是，①“依帕内玛女孩”；②高中走廊；③什锦沙拉；④过去稍有了解的女孩，这一连串的联想流程却都是作为“完全没有脉络”的思绪来叙述。从③到④的意识流是“她总吃蔬菜沙拉”，所以说明“这个联想符合逻辑”。与此相比，关于②和③等，我们读者并非作者，所以不可能找到其“条理”和“脉络”。而且，我们不可能在遇见某种“作品/物质”时清楚地认识到它与想起的东西（记忆）之间的所有脉络。

在无意志记忆的延长中，应该也会唤起某种鲜明的记忆，却很难确认其后存在的直接关联。例如川端康成《雪国》中的岛村欲寻找左手食指的触觉记忆，有意识地、直接地唤起过去的回忆；梶井基次郎《黑暗画卷》中有不畏黑暗奔跑的盗贼报道，唤醒忘却的疗养地汤之岛记忆；还有像普鲁斯特的小说《追忆似水年华》那样，在漫不经心将泡了红茶的小玛德琳蛋糕放入口中的瞬间，幼年时代在贡柏莱村尝到的相同的玛德琳蛋糕，就浮现在了记忆当中并使贡柏莱村的全貌焕然苏醒。

“在‘很久很久以前’，某位哲学家这样写道，‘曾有过物质与记忆被形而上学深渊分隔的时代。’”这在伯格森的《物质与记忆》中有所介绍。“这是整个哲学史上内容最丰富的作品之一，将如此复杂的著作缩约为区区数页是很难做到的。”（J. L. 维拉德·巴伦《伯格森》，上村博译，我所知文库）遗憾无法在此简述那般著作，也不能作为可靠的依据来引用。但正像作品中所写——“其接点一定是在遥远世界某个奇妙的场所，而且那个接点还在另一处与高中的走廊、什锦沙拉或菜食主义者、‘草莓白皮书’式的女孩相连”，毋宁说连接它们的媒介（“接点”）就在我们的意识阈中。

可以说，《1963/1982年的依帕内玛女孩》的意趣，确实在于它切中了我们记忆的无脉络特点。

多次与登场人物相遇

以上从意识无脉络的观点探讨了《1963/1982年的依帕内

玛女孩》，而作品的意趣并不仅限于此。这里所说的记忆，也就是在聆听（阅读、观看）某作品（就像这里的《依帕内玛女孩》的音乐、小说和绘画）进行欣赏时，在欣赏者心中唤起的难以循迹脉络的印象。但是，在此之前，我们所欣赏的作品也会在大脑中鲜明地唤起该作品自身的内容。关于这一点，在*FUN*、*FUN*、*FUN*那一章中也已做过论述。

我们“仅仅聆听”“海滩男孩”的主打歌*FUN*、*FUN*、*FUN*，“眼前就飘然浮现出那幅情景”，并想象出“驾驶1964年款的福特雷鸟流线型红色跑车的马尾辫女孩”。或是米歇尔·恩德的《永远讲不完的故事》（电影《永远讲不完的故事》）的主人公巴斯蒂安进入故事世界，作为英雄阿特莱尤在那里生活。就像这样，《1963/1982年的依帕内玛女孩》中的“我”，通过聆听《依帕内玛女孩》描绘出“依帕内玛女孩就这样望着大海”的结尾，完全引用歌词或以此触发的“年轻而漂亮的依帕内玛女孩”的身影。这一点与*FUN*、*FUN*、*FUN*的情形相同。

《1963/1982年的依帕内玛女孩》与*FUN*、*FUN*、*FUN*不同的是，正如其标题所示，它比*FUN*、*FUN*、*FUN*更明确地表示，这是在约莫20年后的今天重听同一首歌。两种唤起的景象以“1963/1982”的形式对照（或准确对照的不可能性这种形态的统一性得到了确认）。

具体地讲，在*FUN*、*FUN*、*FUN*中，“马尾辫女孩”被描述为“在1964年驾驶雷鸟轿跑的女孩如今应该已过35岁。她如今会在干什么呢？也许天天都去简·方达的健身房，也许住在电影《外星人E.T.》中的新区公寓里，正在聆听巴瑞·曼尼洛的歌”。竟然想象到她说不定已上了年纪。与此相对（即与让人想到如今也许仍在聆听同一首歌相对），在《1963/1982年的依帕内玛女孩》中，“而且，现在1982年的依帕内玛女孩也同样在望着大海。她从那以后并没有长岁数。她被封闭在印象当中，静悄悄地飘荡在时光的大海上”。作品以这样的方式表明，在当年和现今都聆听同一首歌的状态中，“依帕内玛女孩”绝对“不会长年龄”。

该作与*FUN*、*FUN*、*FUN*同样仔细描述了人物近20年后的姿容：“按年头来算，她应该差不多快40岁了。当然也不排除会有不同情况，但她可能已经不那么苗条，也不会晒得黝黑了吧？她已经有了三个孩子，而且晒太阳太多会灼伤皮肤。她或风韵犹存，但已不像20年前那么青春焕发。”可是，这种想象毕竟建立在“如果按年头来算”的假定之上。是的，这就是在《在四月某晴朗早晨遇见百分百女孩》中看到的那种非事实假想，事实上她的年龄并没有增长。

“但是，在唱片中她当然不会长年龄。就像史坦·盖兹的天鹅绒那样，她在高音萨克斯中永远是18岁，是位既酷帅又温婉的依帕内玛女孩。只要我把唱片放在唱机转盘上并对好唱针她就会立刻出现”，而且“直到磨完最后一张唱片，她都会无休止地漫步”。

仔细想来这也是理所当然。我们无论时隔几年重读《伊豆舞女》，即使我们从青年到中年或到老年，“舞女”依然是看似17岁实则14岁的少女。无论是在明治时代阅读还是在平成时代的当今阅读，维特依然是“少年维特”。

无论是“舞女”“少年维特”“依帕内玛女孩”还是“驾驶雷鸟轿跑的马尾辫女孩”，如果每次阅读都得长年龄可就太煞风景了。这些人物要在作品中一直保持同样的年龄。这与现实世界中不折不扣长年龄的读者或听众、观众相比，存有决定性的不同。确实可以说两者之间处于“形而上学深渊分隔的”状态。“依帕内玛女孩”走过的是“形而上学的灼热沙滩”，“连海浪声都那么形而上学”。在这样的世界中，“脚掌长得形而上学”的她“形而上学式女孩”的状态，毫无疑问正是作者对我们世界中非真实情状所进行的风趣描述。

如果说，这种非真实的虚幻情状毫无意义，其实并非如此，即使在*FUN*、*FUN*、*FUN*的最后，“我”还是想告诉你“我如今依然常常想起你和那台红色的雷鸟轿跑哦”。而在《1963/1982年的依帕内玛女孩》中，“我”也向她“打招呼”并“一起在沙滩伞下喝啤酒”，还“用手指触摸她的脚掌”。

虽说只要接触其作品，任何时候以不变形象出现的登场人物都形而上学，但是，或者正因如此我们才能深入作品的世界。既然如此，我们与他（她）们建立虚拟的（或无限接近真实的）关系也就成为可能，就像“常常在地铁车厢中见到她”一样，不管在何处只要能听到那首歌就能做到。

何谓“互联”

以上从记忆无脉络和与作品人物相遇两个观点论述了《1963/1982年的依帕内玛女孩》的魅力。此外在村上春树文学整体的互联中尚有应予思考的重点。

此前谈到“常在地铁车厢中遇见她，每次她都向我送来‘谢谢那天陪我喝啤酒’式的微笑”。这种在地铁车厢里从别人的随身听中传出的旋律，可能变成送来微笑的“依帕内玛女孩”唤起的实体性形象。接下来，在“1963/1982年的依帕内玛女孩如今依然无休止地走在灼热的沙滩上，直到最后一张唱片磨完”，作品终结之前，“我”的心中一直萦绕着长长的思绪：

> 从那以后我们不再交谈，但我依然感到我们的心在某处相连。在何处相连我并不清楚，一定是在遥远世界的某个奇妙的场所吧？而且，那个接点还会在别处与高中的走廊和什锦沙拉或菜食主义者、“草莓白皮书”式的女孩相连。这样一想，很多事情和很多东西都会渐渐变得越来越亲切。想必在某处也会有连接我与我自己的接点，肯定有

一天会在遥远世界的奇妙场所与我自己相遇。而且，如果有可能的话我希望那是个温暖的地方。如果那里还有几瓶凉啤酒，那就更没什么可说的了。在那里我就是我自己，我自己就是我。在这两者之间没有任何种类的间隙。这种奇妙的场所应该就在某处。

在前文论及“记忆无脉络”时也说过，“接点就在遥远世界的某个奇妙的场所”。亦即作为意识阈下某记忆的“接点”予以注目的部分。而所谓“记忆无脉络”就是“依帕内玛女孩”与其所唤起的“高中的走廊”记忆互不相连，而“高中的走廊”又与其所唤起的“什锦沙拉”记忆互不相连。而且，所谓“与登场人物多次相遇”，就是在真实世界中的读者和视听者与作品（文学、音乐）中登场的非真实人物相连。

从这个意义上讲，前文所论及的两个问题皆是与“相连或不相连”问题相连的问题。

在前文引用部分中，“相连”一词与“接点”一词都被重复了三次，这也是有原因的。该作以如下的感慨结尾——“我感到某处一定会有我与我自己相连的接点，肯定有一天会在遥远世界的某个奇妙场所与我自己相遇”。当“接点”作用形成电流“接通”状态、“配电盘”作为大型的小道具（大道具）使用且面对如下作品［《1973年的弹子球》及海豚酒店16层（或15层/17层）或夏威夷某大厦某房间这种“遥远世界的奇妙场所”里讲述“与我自己相遇”（？）体验的《舞！舞！舞！》］时，就会发现其起源（genesis）乍看似乎肤浅的《1963/1982年的依帕内玛女孩》具有“配电盘般”分量十足的效果。

正如《在四月某晴朗早晨遇见百分百女孩》不仅是《1Q84》的起源而且还是《海边的卡夫卡》的起源那样，《1963/1982年的依帕内玛女孩》不仅是《1973年的弹子球》和《舞！舞！舞！》的起源，而且还是《奇鸟行状录》的起源。在以下《奇鸟行状录》第三部的某一节中反复出现“连接”的高频次就是雄辩的证明。

> 不久之后，大门就会朝内侧打开，肉桂驾驶的梅赛德斯奔驰就会出现。他将像往常那样载“客”而来。我与“客人”们就由这张脸上的痣连接。我与肉桂的外祖父（肉豆蔻的父亲）由这个痣连接。而肉桂的外祖父与间宫中尉则由新京这座城市连接。间宫中尉与算命先生本田则由“满洲”和蒙古国境的特殊任务连接。绵谷升家人向我和久美子介绍了本田。而我与间宫中尉则由井底连接。间宫中尉的井在蒙古，而我的井在这座宅邸的院内。日本的中国派遣军指挥官曾在这里居住过。所有这一切连接成圈，圈的中心是战前的“满洲”，是中国大陆，是昭和十四年（1939年）的诺门坎战役。但是，我无法理解我与

久美子为什么会被卷入那种历史因缘中去。本来那些都是在我和久美子出生很久以前发生的事情。

或者说，那统统都是理所当然的事情，村上春树的作品世界都会在某处相“连接”。因此或可换个说法，《1963/1982年的依帕内玛女孩》就处在使《1973年的弹子球》《舞！舞！舞！》《奇鸟行状录》“相连”的“配电盘”的位置。

长篇作品与长篇作品相互“连接”，而超短篇作品在其间发挥着“接点”的作用。如此看来，超短篇在村上春树文学中定位的重要性应该越来越大。

《意大利面工厂的秘密》[1]
——创作的秘密

梗概

羊男与孪生美少女将我的书房称作意大利面工厂。每当我写稿时，他们就跑来说这说那挑毛病。我就指派一些不那么重要的事情让他们满足，将他们支出书房后继续勤奋工作。在我继续写稿时，他们就在院子里手拉手唱歌，唱的是有关意大利面的歌。春光洒在他们头顶，怎么说呢，一幅美好的景象。

村上春树的作品中还有像《意大利面工厂的秘密》这种极短的、名副其实的小品超短篇。可能有很多人会从"……的秘密"这样的标题联想到罗尔德·达尔的著名儿童文学作品

---

1 所收：《象工厂的HAPPY END》（CBS索尼出版，1983.12.5）、《象工厂的HAPPY END》（新潮文库，1986.12.20）。

《巧克力工厂的秘密》。由评论社发行的田村隆一翻译、约瑟夫·辛德尔曼插画的版本是古典风格，但在近年来的新译热潮中，前不久同样是评论社又出版了柳濑尚纪翻译、昆丁·布雷克插画的版本。柳濑尚纪不愧是名译《尤利西斯》的译者，名闻遐迩，其力求表现原作语言游戏妙趣的匠心成为热议话题。是的，《巧克力工厂的秘密》正是由约翰尼·德普主演的那部热映影片《查理与巧克力工厂》的文学原作。原作的标题即为电影版的标题，这个关系稍显复杂。就是说，如果认为《意大利面工厂的秘密》踏袭了《巧克力工厂的秘密》，那么与其说受到罗尔德·达尔作品的影响，倒不如说是受到田村隆一翻译的影响。

但村上春树果真踏袭了《巧克力工厂的秘密》吗？《巧克力工厂的秘密》是这样的故事：

贫穷家庭里的少年查理特别喜欢巧克力，期待在生日那天有人送他旺卡巧克力。威利·旺卡制造的糖果在全世界大受欢迎，其实这家世界第一的巧克力工厂就在查理所居住的城市。不过那家工厂就像谜一般完全不公开，谁都没见过在那里工作的人。有一天，旺卡发出告示：“在本厂制造的巧克力中放入5张金色招待券，抽中的孩子可由一位家人陪伴参观工厂。而且，其中还有一人会得到附加奖。”查理非常幸运，他是抽中金色招待券的5人中的最后一名。受到邀请的10个人在工厂里目睹了奇妙的景象，有很多不可思议的体验。

在达尔的名作中，查理和读者及受邀参观旺卡巧克力工厂的少年们都对“工厂的秘密”瞠目结舌。与此相同，《意大利面工厂的秘密》的读者开始阅读，也是期待能够窥见想必有趣而奇异的“意大利面”制造法的“秘密”，并且希望作品展开为查理一家带来幸福的暖心故事。

然而，随着深入阅读，读者的期待却落了空。

作品的开头部分就已经让读者发生了混乱：“他们将我的书房称作意大利面工厂。所谓的‘他们’就是指羊男和孪生美少女。意大利面工厂这个词没什么特别的意义，也就是调节水温、撒盐和设定时间这么点儿事。”

将“书房”称作“意大利面工厂”也照例是村上春树所擅长的比喻，这一点大家应该首先想到。“我的书房（在他们看来）就像意大利面工厂那样的场所”是直喻。或者说像一道谜题：“为什么我的书房被（他们）说成意大利面工厂？”

这样，读者在阅读时就会心怀好奇并有所猜测——“A像B是由于C”或“谜面是A，谜底是B，理由是C”，C是什么？确实如此，“我的书房”是“意大利面工厂”应该就是用“意大利面”来比喻小说吧？这是指耗费的时间呢，还是指种类的丰富呢……也就是说，如果有“她的脸颊像苹果”这样的比喻，那么一定是因为颜色发红吧？或是因为光滑？还是因为咬一口就会出血呢？（抱歉，这个说法太过时，所以不太好懂。过去有句牙膏的广告词就是“咬一口苹果会出血”）其实就是这种思路。

虽然前文说“意大利面工厂一词并没有什么特殊意义”，但读者仍期待作品能够说明此处有何“意义”。可接下来却看到“也就是调节水温、撒盐和设定时间这么点儿事”，期待落空。如此，意大利面也只能是意大利面了。这就等于在期待说明“脸颊”与“苹果”的类似性时，听到的却是“这种苹果产自青森县，品种叫‘陆奥’，规格LL，糖度5级……”云云。

不过我并不气恼。因为像这种最终并未说明C是什么的错位技巧，也应视为村上春树独特比喻表现中的高超手法。但是伴随着这种比喻的错位，与“巧克力工厂的秘密”无关的所谓“意大利面工厂的秘密”又是什么呢？这样的好奇心接着也落了空。

当初羊男也表示“哎，俺们实在不喜欢那样的文章哦”，将“原稿”说成了“文章”。而且，“总觉得有点儿得意忘形，没什么好处嘛”这句话，明明可以当作对于“文章”的描述，可不知何时孪生姐妹就发出“盐放多了哦”这种符合做“意大利面”的评语，最终的命令已不是“重写”而是“重做”了。

当然，与看似麻烦却也可爱的三个人谈判也颇逗趣。正如作品中最后的一个表达——具有“怎么说呢，很棒”的味道。

但是，我们究竟应该怎样读解这部作品呢？这篇文章除了直喻的有趣表现还有别的意趣吗？我们应该关注什么呢？这里所写的“秘密”原本是什么呢？进而言之，这个“秘密”与“巧克力工厂的秘密”有关联吗？

《意大利面工厂的秘密》最后以那首歌终结。听了这首歌就会感到——春光洒在他们头顶，怎么说呢，一幅美好的景象。

俺们家乡就是有嚼劲
不会过早也不会过迟
名字就叫硬粒粗麦粉
闪闪发光的黄金麦粒

这是羊男和孪生美少女唱的歌，却似乎与《巧克力工厂的秘密》中的顽童们每次消失时小人儿们（温帕·伦帕）所唱的奇妙的歌相连。也许《意大利面工厂的秘密》与《巧克力工厂的秘密》的共通点就只能看到这些。但只要看到这些，虽不能说作者写稿时的背景音乐就是关于意大利面或小麦的歌，却也可以想象到羊男和孪生美少女这三人——就是小人儿们（温帕·伦帕）的象征。是的，温帕·伦帕是虚构的小人儿，羊男和孪生美少女也是经常出现在村上春树作品中的为人熟知的登场人物，同样是虚构的存在。关键是从此往后，温帕·伦帕们在巧克力工厂制作巧克力，羊男和孪生美少女（虽然看似多嘴多舌帮不了忙）也与“我”一起写稿，可以说都是参与创作的人物。

也就是说，要想妙趣横生地阅读《意大利面工厂的秘密》这部作品，那么“羊男”就是自《寻羊冒险记》以来读者所熟悉的村上春树作品的角色，而“孪生美少女”也是自《1973年的弹子球》以来读者所熟悉的角色。这些绝对都是必须掌握的预备知识。

另外一点，作为理解这部作品意趣的前提，就是将“我”当成作者村上春树本人来读。也就是说，如果不将“我”看作春树而是看作春树虚拟的第一人称主人公的话，那就会变得索然无趣。这是因为，如果将这篇文章完全当作虚构的小说（超短篇小说）而不是随笔小品来读，就会像例如《图书馆奇谈》（《不可思议的图书馆》）、《羊男的圣诞节》那样，又有其他登场人物出现在主人公“我”的面前，变成读者所熟悉的类型作品了。说到底，这篇文章的意趣就在于春树自己所创造的虚构角色本应只存在于作品世界中，可这种虚构角色就出现在真实的村上春树即“我”的面前，即虚构的角色与作者在同一个维度上进行交流。更为有趣的是，这种交流是他们帮“我”即“春树”写稿时的状态。所谓“秘密”既非制造巧克力的秘密，亦非烹煮意大利面的秘密，而是文学创作的秘密。

如果换成浅显易懂（比起“羊男”之类大众化登场人物多得多的作家）的作品实例，无非是如下这些：

夏目漱石一写小说，名叫“吾辈”的猫就抓挠他的脊背、搅扰他，三四郎则在旁边嘟囔说“迷途羔羊”分散漱石的注意力，少爷又高喊“大笨蛋”妨碍写作，而K则割破颈动脉（貌似潇洒）鲜血飞溅弄脏了漱石的文稿……如果能想象出这种超现实的情景，就能理解《意大利面工厂的秘密》这部作品所描写情景的意趣了吧？

所谓“秘密”的内涵、创作秘密的实体，就是“作家一边与自己所创作的熟悉的存在进行叙谈一边撰写小说。而创作就应该是这种意义上的共同作业”。

而且，堪称毋庸置疑的真理。所以这部作品才妙趣横生。

例如，秦恒平的文章《加贺少纳言》破解了为紫式部集收尾吟咏赠答和歌的加贺少纳言的存在之谜，作者后来还创作了同名小说《初恋》（讲谈社所收），通过虚构进行了深入探究，这里列举较早发表的随笔（引自《日本文学史2·中古文学》，有斐阁）中解谜的核心部分：

> 据我推测，加贺少纳言是杜撰出来的女性，紫式部虚构的人物。对于紫式部的生涯来说不可或缺的与其说是单纯的作品中的人物，莫如说是具有极为直接的实在感而长

久生活在她身边的、耐人寻味的对象。必然有个像紫式部自己的影子般的人物在与她进行不为人知的对话，而创作的圣礼就在其中运作。这是现在作为长久以来热爱《源氏物语》的小说家我近乎确信的推测和祈愿。

是的，因此说最后的赠答和歌就是紫式部的自问自答——这样的解谜十分精彩。他们在这里都是“虚构的”存在，是作者“创造出来的人物”。但是，“与其说是单纯的作品中的人物，莫如说是具有极为直接的实在感”，就是“生活在她身边的、耐人寻味的对象”（能说出“哎，我们实在不喜欢那样的文章哦”这种话）。这种被称作“影子般加贺少纳言”的相关说明，应该全都直接适用于《意大利面工厂的秘密》中的“羊男”和“孪生美少女”。

特别是在面向世界讲述时，代表当代日本文学的存在是村上春树，而代表古典文学的存在则是《源氏物语》的作者紫式部。大家对于这一点，应该不会有什么异议。［2010年12月，电影《挪威的森林》公映纪念专题节目是《村上春树之谜——以证言织缀的挪威森林》（本电影频道），相关解说以“自紫式部以来的超级英雄”开头，也说明了这一点。］而这两位作家时隔千年却在做完全相同的事情！提出这种解释的作家秦恒平相当了不起，而正因为他自己也在做同样的事情，所以才能写出这样的文章。当我们将这两篇文章相提并论时自然会感到，毕竟是作家，毕竟是大笔如椽，全都采用了相同的创作方法。

秦恒平所提出的论证有《邓无影》（出自清代的故事集《耳食录》），其中的邓乙也是与影子对话。秦恒平认为该人物与艺术气脉相通，但是，在与紫式部和邓乙也相通的孤绝中，作为同样实际写书的存在，我们还能联想到将日记本人格化取名为“基媞”并一边与之对话一边写日记的安妮·弗兰克吧？

而且，如果所有作家都是这样，应该能够列举无数的实例。例如在《怪盗女皇喜欢马戏团》（讲谈社青鸟文库）的后记中，作者勇岭薰写了如下内容，应该也完全适用。

> 那么，这位女皇……是个难以把握的角色。（她动辄对我的描写挑刺，如“我是不是应该更帅一些呀”“这句道白感觉不到美学”，等等，像这种角色实在是不胜其烦。）
>
> 乔克虽然还不至于发牢骚，但也不好对付。（他邪眼瞪我，像是在说“我应该是个更严肃的角色”。我希望他别这样。）
>
> 还有那个RD，居然对我说：“我更辛苦哦！”真烦人……
>
> 我甚至想贴出广告：“招募既老实又容易把握的角色！”

不过，如果这样来写主角的故事，他们就会暂时消停些吧？（真希望他们能消停些啊……）

而且，不仅仅限于作家，我们自己写文章时，为更加完善也常常会在大脑中自问自答。例如，“这里是不是该另起一行分段了？”“不，不，这里仍在论述同一观点，所以不必按同样长度分段吧。”莫如说，我们在写文章时，最需要的就是像带着“影子”（把羊男叫到身边）将自己对象化。而这种将自己相对化应该就是写文章时需要注意的问题。

其他超短篇——村上春树的无限魅力

《好新闻》[1]

——信息的不确定性

梗概

大家晚上好！现在是《十点钟新闻》节目时间。今晚为您送上特别策划的精选好新闻。

1.今天黎明时分，一艘墨西哥籍大型油轮突然爆炸沉没。到今晚之前，120名船员中的35名被奇迹般救出。真可谓天无绝人之路啊！

2.上星期五用剪刀铰掉德岛富枝（72岁）耳朵逃走的初中生被逮捕。富枝说："我少一个耳朵也能活下去。希望宽恕那个孩子。"真可谓"人间无魔鬼"啊！

3.演员田代宽介君（52岁）自杀未遂。据说长时间处于

1　初出：《太阳》（1994.7）；
所收：《夜色阴云》（平凡社，1995.6.10）、《夜色阴云》（新潮文库，1998.3.1）、《村上春树全作品1990—2000①》（讲谈社，2002.11.20）。

窒息状态而导致部分脑损伤，估计今后即使恢复也不能说话了。但不管怎样，保住性命就好啊！真可谓“人死何谈开花结果”。

4.昨晚，某寿司店一名男子突然大吵大闹，随即被迅速赶来的警员当场逮捕。该男子说：“我吃了很多高档菜，而且带着足够的现金，可结账却这么少，我实在控制不住就发火了。”连审问的警官都感叹地说：“哎呀，这可是近来少见的好现象，堪称美谈呐！”

希望明天也能为大家送上好新闻。好啦，祝大家晚安。

前文介绍的四则新闻当然不可能是通常意义上的“好新闻”。不管怎么说，在油轮沉没事故中死亡85人，一位老阿婆被无辜地剪掉耳朵，自杀未遂的演员难以康复如初，寿司店也是无辜地被砸坏、店主被打伤。

所谓文学就是颠覆既成概念和价值观的创作，在这里也一样，反观上述根本谈不上好的新闻，借以表现荒诞不经的意趣。可以说这些新闻过于荒诞不经。

不过，爱默生有句名言曰“观物并非只用眼睛还要用心”。此外，椋鸠十在其随笔《爱默生名句》（《椋鸠十著作第29卷：萨摩的骄傲·南国故乡随想》）中曾经引用该名言。那则故事是这样：

某日，有猴子在庭院出没，笔者夫妻亲眼看见。其后，“自第二天起，猴子的新闻就在报纸上沸沸扬扬”。

1.听到狗狂吠不止，我来到外边看时，却见有只猴子抢了猫仔叼在嘴上，正在与狗瞪眼相视呢！那猴子连猫仔都抢，不知还会做出什么事情。如果放学回家的孩子与那猴子突然相遇，说不定会被它咬伤。想到这只猴子在街上到处转悠，真是害怕得不得了。

2.我本想等枇杷熟透了送给孙子，却先被那野猴吃了一半，简直太可恨了。

3.我听到屋后好像有什么弄得竹丛唰啦、唰啦作响，出去一看却是猴子。我打电话叫警察，可是警察来了猴子却已逃之夭夭。要是来得再早些就能抓住它了，真可惜！

还有的报道列举了目击猴子诱拐猫仔的证言：

1.傍晚时分，我购物回家看到厨房门前蜷坐着一只猴子。我向它扔了一个马铃薯，它“叽”地叫了一声并向我龇牙咧嘴。我以为它生气了，可它却迅速抓起马铃薯钻进了邻院的花草丛中。那只猴子会在什么地方睡觉呢？

2.今天的中午和傍晚，抱着漂亮猫仔的猴子两次造访

我家。每当那只猴子出现大家都会四处追赶。报道中还说，年轻的女主人表示千万别被抓住。（下画线为引用者所加）

笔者在浏览这些新闻的同时想起前述爱默生的话，以“不禁微笑起来”结束了文章。

如果简单地看这篇随笔以及从中读到的爱默生的话语，免不了会有如下的理解——若是热心肠的人就会用温暖的眼光看待事物，而冷漠的人就会冷眼看待事物。也就是说，有感情的人和没有感情的人之间看待事物存在着差异。但并非如此。并不是有感情的人就能看到真实，人只能透过心这种滤镜观察事物。新闻报道绝不会是一方面传达真实而另一方面却恶意地（或善意地）对其歪曲。如果读者觉得后者为真实的话，那也是因为笔者的报道介绍（目击猴子时“猫仔的状况完全放心，像是被猴子抱着呢”，因而感觉放心），即我们所接触的事件是已经透过滤镜的信息。

是的，这篇文章应该围绕信息制作方法来读解。

而这对于《好新闻》来说也完全同理。

现实中的事件并不会成为正确的新闻或错误的新闻。此处所论及的问题并非新闻的正误真伪，而是同为现实中发生的事件既可作为坏新闻亦可作为好新闻进行传播的信息制作方法。

在报道油轮事故时强调“35名船员获救”就成了“好新

闻”；在报道耳朵被剪事件时强调老妇宽恕初中生就成了“温暖人心”的新闻；在报道演员自杀未遂事件时强调“保住性命”就成了“特别的好新闻”。当然，即使这些报道聚焦于相关方面，但从整体来看无异于坏新闻。这里，其实是通过那种过度的夸张，饶有趣味地提出有关信息制作方法的问题。村上春树的文章之所以意趣盎然，就是因为其信息存在方式的特点——其中具有前文所述虽荒诞不经引人发笑却促人深思的内容。

这种有失条理在以筒井康隆为首的其他作家身上也能看到。不过春树的文章并未停留于此。这是因为，他并未终结于单纯罗列若干相关事例，而是进一步扭曲化和深化。

所谓扭曲化，即使此前列举三个事件强行要求读者寻找“好”的部分，仍要呈现引起读者思考的内容——在最后寿司店事件中的“特别好”的部分、“引人赞叹”的部分究竟是什么？虽说警官也感叹“这是近来极为少见的好现象，堪为美谈”，但“美谈”究竟是什么呢？顾客没有嫌结账太贵而胡闹？顾客并非没带钱想吃霸王餐？读者直到最后仍迷惑不解，莫非这就是作品的魅力？

另一个所谓深化就是，在这部作品中当信息成为主题时，不光提出了滤镜问题即不仅要用眼看还要用心看，而且更加深入地进行了挖掘。关乎嵌入该作中的谚语问题。

无论是油轮事故还是剪耳事件，都是在现实（指作品中的现实）中所发生的事件，成了叫作新闻的信息。此时信息会变成“好新闻”还是坏新闻，取决于传达者的滤镜——这一点在前文中已有论述。而所谓滤镜，也是对于某种现实采取哪种解释代码的问题。这部作品中，作为解释代码发挥功能的就是谚语。

油轮事故说的就是“有抛舍之神就有拯救之神”。确实如此，因为除了“130名船员中的35名”之外，其他85名船员的死亡就是“抛舍之神”做出的行径，而那35名船员获救生还就是“拯救之神”的恩惠——或许可以这样认为（可以让读者这样理解）。

从某种意义上可以说，这完全符合谚语的概念。或者如果将“抛舍之神”看作负面，将“拯救之神”看作正面的话，那么虽然悲惨的海难应属负面，但其中的“海上保安厅的高效救援行动”就是正面。从这个意义上或许也可以说符合这则谚语。

那么，剪耳事件又如何呢？虽然初中生剪掉了老妇的耳朵，但老妇却并未予以追究。从宽恕初中生的老妇并未变成“魔鬼”来讲，此事倒也未必不能与“人间无魔鬼”的谚语相符。另一方面，初中生仅仅因为觉得老妇“耳朵太大”而行凶，却又说明“人间有魔鬼”。所以，这种无视魔鬼存在的适用未免太牵强。或者如果所谓“魔鬼”说的是某种“恶意”，那么“没有恶意”的初中生（其实这才可怕，才是个问题）就可以说不是“魔鬼”吗？这里就具有将谚语作为代码让读者陷入沉思的意趣。

而且，具有这种作用的谚语功能逐渐地继续扭曲下去。在演员自杀未遂事件中，即使拿出“人死何谈开花结果”的谚语，那位不能“说话”的演员已是所谓的活尸状态，就算未死也绝不可能“开花结果”，所以不能牵强地套用谚语。这种谚语无效性解释的最后，乃寿司店事件已无法套用任何谚语，不只是解释，甚至讲述了谚语本身的无效性。它直接显示了解释代码的缺位，因为寿司店事件中所谓“特别好的”部分何谓“美谈”都搞不清楚了。

从这种微小的、乍看显得荒诞不经、有失条理的超短篇中，围绕相关信息的各种问题能有诸般思考。

《啤酒》[1]

——表里背离

梗概

拜鸟桑的本名是鸟山恭子，她每次接取文稿时总是像作揖似的深深鞠躬并且说“十分感谢，谨此拜收贵书稿”，因此编辑部的人都叫她拜鸟桑。她现年26岁，是个相当高雅的美女，还是单身。她胸部丰满，爱穿喇叭裙。她穿的服装鞠躬的会微微闪现胸部隆起，所以作家在洽谈约稿时会不由自主允诺。总编对她很满意，对她善用敬语、措辞大加赞赏。

不过，我对拜鸟桑的秘密略有了解。我曾在某周日上午10点钟往她家里打过电话，先是其母彬彬有礼地接听，然后叫来了拜鸟桑。于是，我听到了她与平时完全不同的、极为粗

1 初出：《太阳》（1993.8）；
所收：《夜色阴云》（平凡社，1995.6.10）、《夜色阴云》（新潮文库，1998.3.1）、《村上春树全作品1990—2000①》（讲谈社，2002.11.20）。

俗且异常奇妙的尖利嗓音。拨通电话时没报姓名的我直接挂断了电话。

此后拜鸟桑依旧恭敬行礼接取书稿。人们再度谈起她的高雅时，我就假装没听见保持沉默。

以“啤酒”为标题的超短篇除了该作之外还有《梦里相会吧》所收作品，所以不易分辨。不过，那篇作品只有几行字。

那位卖啤酒的
不幸少年说：
“松冈被轰本垒打
并不能怪我。”

1981.5.16 摘自《养乐多燕子队诗集》

这篇副标题为“献给神宫球场”的作品也令人深思，实在不可思议。我找到第二天的报纸确认了比赛经过并仔细思考：这究竟意味着什么？既然称之为“诗集”，那么除了分成四行书写之外，是否还参照了什么？松冈在神宫球场被轰了本垒打这一事实A与少年卖啤酒B之间应该毫无关联，正如少年所主张的“并不能怪我”。但提及此事的不可思议的作品C却又附加了毫无关联的“啤酒”这个标题D，同样不可思议。这是一篇赋予了不可思议意味的小品，《夜半蜘蛛猴》中所收集的本作品也具有相同的不可思议性。

第一，“拜鸟桑”即鸟山恭子是个看似“相当高雅的美女”即言谈举止高雅的A，其实却是谈吐粗俗到可怕的B，就从这两者之间的巨大悬殊中，产生了某种妙趣。其所谓高雅，就是“接取文稿时总是像作揖似的深深鞠躬并且说‘十分感谢，谨此拜收贵书稿’”而已。

这种描写年轻女性的稍显异常情状的作品，还有同样收在《夜半蜘蛛猴》中的《高山典子桑与我的性欲》。其中所讲的故事是：我发现高山典子“像被赋予了透明翼翅的豉虫”般“高速行走”。而且不只是在我面前，即便在其他场合也是这样。在这方面两种印象一致，即在窥见年轻女性不可思议表现背后的实态方面具有共通性。在《啤酒》中，鸟山恭子的背面形象与正面的高雅相去甚远，隔着电话大发雷霆。“我”听到她说的话如下：

> 烦死人啦！什么、什么呀，简直是，这一大早的来电话，礼拜天也不让人多睡会儿？真是的——什么电话？真烦人！反正是高雄打来的吧？我得先去趟厕所呢。对，厕所！那种人就叫他等着好啦！我昨晚啤酒喝多了，这里实在憋得够呛……嗯？不是高雄？啊——坏了……这下麻烦了，肯定全被听见啦——滚蛋啦！

星期天上午10点钟，还在睡觉，而且因昨夜暴饮啤酒现在肚子还撑得滚瓜溜圆。就是这样一名女性，她有个名叫高雄的男友，但她背地里直呼其名似乎显示其在双方关系中掌握主导权。这里所呈现的是与平时公开的表情A完全不同的表情B，而说到最典型的实例就是她的言谈措辞。从这个意义上讲，呈现表情的说法似乎并不准确。其实以上所看到的描述都是隔着电话感知到的，与目击高山典子的实态情况不同。这些都是通过耳朵获得的以语言为媒介的真实信息，而媒介本身体现的B，已在上述引用中清楚表明。鸟山恭子得到总编“能那么规范地使用敬语”的赞赏和“措辞能那么高雅”的褒奖，她不仅会把厕所说成“便所”（或者有传闻说她“继承了公卿贵族的血统，亦将‘便所’称为‘不净之所’或‘忌讳之所’”），还会说出那种粗言恶语。

这种表层与深层、伪装与真相即A与B两者间的差距相当大。总编表面称赞其高雅即A，深层其实赞赏的是“深鞠躬时微露胸部的鼓胀”（或因此奏效带来业绩）即B——可以说这里的差距也很大。这无疑是本作品的意趣，可以说是“揭露了高雅女性被隐藏的实态而引起哄笑的一篇”（马场重行《村上春树作品研究事典》）。安西水丸所做插画将变形的俄罗斯套娃正面图与背面图左右并列，就像背影美女与其回首露出的丑脸组成一对，也可以认为，这里已充分理解和体现了主题。而且，作者在该作品所收书中附录的《后记（一）》中说道，“一手承担了杂志连载和本书编辑东奔西走的O小姐拜鸟桑——也许大家不会相信，她确实与本书中的同名人物完全无关”。这里不仅可以读出村上春树的思路状态，而且显示出两者之间的距离乃至某种“毫无关联”，因此也会愈趋意味深长。这就是描写A与B两者之间距离的村上春树，或曰由A联想到毫无关联的B并予以作品化的村上春树。

但是，这部作品的意趣并不止于此。与《梦里相会吧》所收《啤酒》相同，在描写了A与B的距离的作品C中，附加了《啤酒》这个标题D——这种不可思议的意外性还产生了另一种意趣。原来鸟山恭子昨晚暴饮“啤酒”，到今天上午肚子还滚瓜溜圆。但是，如果那位“拜鸟桑”在星期天所呈现的意外一面并非由“啤酒”所造成或并非大醉导致的特殊例外，如果那是她所隐藏的实态，那么暴露其真相的作品标题为“啤酒”就应该说是模仿神宫球场的“卖啤酒的少年”，“拜鸟桑的真相被暴露并不能怪啤酒”。

《尖角烧的盛衰》[1]

——诀别文坛

梗概

我看到“名点尖角烧·新制品征集·大说明会会场”的报道，就前往说明会的会场。据说，尖角烧的味道已过时而销售量下降，所以厂家希望借此机会得到年轻人的新创意。对我来说，制作具有现代风味的尖角烧这种事情非常简单。所以尖角烧食品公司打来电话，我就去了。据专务董事讲，我应征制作的尖角烧获得了相当高的评价。但是，有些年纪大的人却说这不是尖角烧，要向尖角乌鸦征询意见。尖角乌鸦们在库房那样的场地上一溜排开，都比普通乌鸦大很多。在应该长着眼睛的

1 初出：《特雷福尔》（1983.3.10）；
所收：《袋鼠佳日》（平凡社，1983.9.9）、《袋鼠佳日》（讲谈社文库，1986.10.15）、《村上春树全作品1979—1989⑤》（讲谈社，1991.1.21）、《最初的文学·村上春树》（文艺春秋，2006.12.10）、《与盲羊共眠的女人》（新潮社，2009.11.25）。

部位附着了脂肪块，身体鼓胀得像要爆裂。它们只吃尖角烧，如果给了别的东西它们就会大叫——“尖角烧”。我把自己制作的新品投喂给它们，有的乌鸦会满意地吃掉，而有的乌鸦却将其吐出并怒吼“尖角烧”。群殴开始了，流血招致流血、憎恨招致憎恨。我从尖角烧食品厂里退了出来。虽然没拿到奖金太可惜，但我在前路漫漫的人生中，绝不能与那些乌鸦为伍。我只制作想吃的东西。乌鸦们互相啄杀都死了去吧！

这部作品发表于1983年3月。村上春树写作神速，其座右铭就是在到期之前游刃有余地交稿，所以估计应该是在前一年即已完成。1982年8月完成的《寻羊冒险记》一举刊载，并在10月出版发行。这是村上春树的第三部长篇小说，堪称确立村上春树物语作家地位的纪念碑式的作品。以后，《围绕村上春树的解读》（川本三郎《文学界》，1982.9）以及笠井洁、竹田青嗣、加藤典洋的《围绕村上春树的冒险·对话篇》（河出书房新社）等模仿该作品标题的评论、探讨接连不断，“羊男”变成了春树文学中的熟悉角色。而且这部作品比前两部有了巨大的飞跃。当然，凭借获得群像新人奖完成华丽出道的《且听风吟》和接下来的《1973年的弹子球》，村上春树完全占据了人气作家的地位。可是，虽然这两部先后成为第81届和第83届芥川奖的候选作品，却都遗憾地失之交臂。这两部作品都是连接断章形式的创新小说，但这种新方法未能得到芥川奖的认可。而其后的《寻羊冒险记》完成了重大转向并获得了巨大成功。希望大家记住这些。

现在来谈《尖角烧的盛衰》。

所谓“尖角烧”究竟是什么？我在大学课堂上读这部作品时，学生们好像会首先联想到“玉米尖角脆”的名点。或许在村上春树的创作契机中，是有这种小食品的。但是，他所写在作品中的“尖角烧”却不能原封不动地替换为“尖角脆的盛衰”。当然，并不是说“尖角脆”里包夹什么“馅料都行”，亦即不是什么“馅料”和“奶油”那种层面的问题。这里的“馅料”“奶油”“尖角脆”，都必须作为暗含的寓意来解读。也就是说，就像在《蚂蚁和蝈蝈》中“蚂蚁”象征着勤劳者而“蝈蝈”则象征着懒惰者一样，问题是“尖角烧”象征着什么？

我向学生提出这个问题，他们的解答是“金钱”“宗教”。聚众举行说明会确实也会令人想到邪教。但是这种集团聚敛钱款倒还容易理解，支付钱款可就太奇怪了。如果是征集货币设计方案的话，支付奖金不足为怪。也就是说，因为要新造3000日元钞票所以征集设计图案。想到这里，答案就近在眼前了。

也就是说，要在这里征集的是某种新的作品。“虽然‘尖角烧是传统悠久的小食品’”，但“尖角烧的味道已过时而销售量下降，所以厂家希望得到年轻人的新创意”。这里的所谓“尖角烧”，应该看作“千余人”应征文学新人奖的比喻。大概可以说“如今的年轻人根本不可能爱吃这种东西”指的就是文学。而且，有志于当作家的人都对新人奖趋之若鹜，甚至专门出版了介绍怎样能当上作家的书籍。村上春树出道时，与如今的这种状况并无明显不同。村上春树获得了群像新人奖，但是没能获得芥川奖。

那么，这里我们必须想到的是本文开头已经提到的该作品成立的背景。村上春树真正是被认为——“这个样子不是尖角烧”，而与芥川奖失之交臂。而且可以读出他对文坛的猛烈批判：“细看那些评委（顺带介绍当时的评委是：泷井孝作、丹羽文雄、井上靖、中村光夫、安冈章太郎、吉行淳之介、远藤周作、大江健三郎、开高健、丸谷才，一共10名）会发现，他们没有长眼睛。本应长着眼睛的部位却只是附着了白色的脂肪块……让这帮不靠谱的人品尝和评选本身就是错误。”

此外，他还在结尾中这样写道：“我在前路漫漫的人生中绝不能与那些乌鸦为伍。我只制作想吃的东西自己吃。乌鸦们互相啄杀都死了去吧！”充分表现了不会为苟活而向那种文坛谄媚的决心。

如果这样解读，可以说这部《尖角烧的盛衰》隐含着在村上春树身上很少见的强烈批评。但是他并不直接抛出“让文坛见鬼去吧”之类的言论，这正符合村上春树的风格。他所擅长的比喻都是笑点，“我长着‘小熊维尼’那样纯真无邪的眼睛，将这些看作过眼烟云”，与女孩的对话亦引人莞尔，针对尖角食品公司专务和尖角乌鸦的讽刺也颇为犀利，可谓用付之一笑的幽默方式提出了批评。即使是在作品之外的现实生活中，村上春树发表作品时，也是一贯采取与文坛保持距离，淡然处之的姿态。

但是，后来文坛像要补偿似的授予村上春树各种奖项。1982年将第4届野间文艺新人奖颁予《寻羊冒险记》，1985年将谷崎润一郎奖颁予《世界尽头与冷酷仙境》，1996年将读卖文学奖颁予《奇鸟行状录》。村上春树予以接纳却照例淡然处之，从未听说过他将某种奖项拒之门外。

特别是他在2009年获得耶路撒冷奖时发表的规避批评的比喻式演讲十分精彩，引起轰动，人们对此仍记忆犹新。而说到诺贝尔文学奖也是如此，他本以为理所当然能拿到手并已做出准备领奖的姿态。虽然再次失之交臂，他照例游刃有余地在《村上诗牌》的“前言”中以“‘脑减奖’（与日语‘诺贝尔奖’谐音）没错”尽情调侃。

实时目睹《且听风吟》的华丽出道，村上春树几近放弃作家志向。他的实际表态却是像羊男那样嘟囔——“拿不到‘芥川奖’我照样走自己的路。”若是表明沿《且听风吟》和《1973年的弹子球》的方向继续发展，固然大呼快哉。然而若真如此，就不会有今日的村上春树了。事情亦难免变得复杂。能将“尖角烧”替换为新人奖应征作品或纯文学之类来读，审视欲在其中描写的“盛衰”标题，引发的联想自然是非“衰”即“盛”，仍可说这部作品必然是在《寻羊冒险记》之后才能写出。

但是，在本稿完成后《盲柳与睡女》（新潮社）出版发行，其中就收集了《尖角烧的盛衰》。此前收入《最初的文学·村上春树》中时，他也曾向年少者解说过自己的作品：“我一边回忆自己当作家出道时的很多事情一边写作这个故事。我长期在与文学无关无缘的地方工作。因发生某种变数而几乎毫无自觉地偶然成为作家。所以，我对当时所谓‘纯文学’业界的规矩之类一无所知，这种体验也因此而显得特别奇妙，感觉自己像变成了不可思议之国的爱丽丝。”而他在《盲柳与睡女》的前言中也讲过：“《尖角烧的盛衰》一看便知，是将我在作为小说家出道时对于文坛的印象直接诉诸了寓言化。我当时在日本文坛未能找到心情舒畅的空间，而且这种状况或许如今仍在持续。”如果写道“一看便知”就太露骨，但在春树少见的对自己作品的解说中，尤其在只对这部作品所加的这种注释中，能够看出他如今仍在持续的、对文坛的强烈情结。

《生日女孩》[1]

——故事的空白

梗概

我与她因为偶然的机缘各自讲述了20岁的生日。早在十年前的20岁生日那天，她与平时一样在做女招待工作。楼层主管突然腹痛暂时离岗，她就代替主管为老板送去晚餐。老板说，作为生日礼物要帮她实现愿望："就是你想成为什么样哦，小姐！就是你所希望的事情。如果你有愿望的话，我就帮你实现一个吧！这就是我能送给你的生日礼物。不过只能帮你实现一个愿望，你要好好地想哦！"她并未说明那个愿望是什么，我就问她是否实现了那个愿望、是否后悔选择了那个愿望。她跟大她三岁的注册会计师结了婚，现有两个孩子，过着"似乎不那么差"的人生。她问如果是我会提出什么愿望，

1　所收：《生日系列》（中央公论新社，2002.12.7）、《与盲羊共眠的女人》（新潮社，2009.11.25）。

可我却一个都想不出来。她就对我说："你肯定是已经实现了嘛！"

本作品收集了罗素·班克斯的《摩尔人》中以下如保罗·索鲁、雷蒙德·卡佛等13人（初版为11人、英语版为12人、新书版为13人）的生日素材，乃收入13部作品文选中的收尾之作。有些读者阅读村上春树，但是未必对他的译作也感兴趣。此类读者或许根本不知道这些小作品的存在（虽然具有不能称之为超短篇的篇幅），可它们却意味深长。因为它确实是村上春树的作品。

村上春树自己在《译者后记》中写道："虽说是顺便写成的应景之作，但最后决定也写一篇关于自己的'生日物语'短篇小说。机会难得，心怀参加节庆活动般的心情，不是愁眉苦脸而是轻松愉快地写出了这篇作品。所以，如果读者也能以此般心情阅读我将不胜荣幸。"在收入该作品的书封里，印有作者对自己20岁生日的介绍文字，并简单说明她过生日的方式投影给了自己。但村上春树由此编织出了一段故事。

那么，这篇第三人称小说的开篇是"20岁生日这天，她与平时一样在做女招待工作"。但是随着故事的展开，画面变成了现在时，她回忆并向"我"讲述了十多年前的往事。

以下采用两个时空交替编织的方式，作品继续展开。如此一来，阅读该作品的读者不仅读到了她的生日物语（birthday story），也许更想读一读构成该故事框架的现在的“我”与她之间的某种物语。确实如此，她为什么现在要向“我”讲起那个故事呢？他们两人是什么关系呢？这样的疑问确实会自然而然地浮现出来。但是，主人公“我”就这样听取了某个人的故事，并采用中继的方式提供给读者，这种讲述类型就是收入短篇集《旋转木马的鏖战》中各部作品所采用的方法。“具有从别人所讲故事中找到意趣的才能”（《前言·旋转木马的鏖战》）——如果想到这是村上春树所擅长的手法，就不该希望过剩读解“我”与她之间的关系了。作者在作品中设置了比这更大的谜团，与其读解那种关系，读者首先也应该读解其中的巧妙营构：就像现在被她问到，“哎，如果你是我会提出什么愿望呢？”随之“我”开始考虑自己的愿望。在只被允许提出一个“愿望”的某个时刻，我们究竟希望会是怎样呢？而且就是现在，究竟想实现什么愿望？

在宫部美雪的《勇者物语》中，也是以主人公三谷亘向女神提出某种愿望的情节构成最终高潮部分。而在电影《永远讲不完的故事2》中，巴斯蒂安的“愿望”就是逐个消除那些证明他生存至今的“记忆”。人在某个时刻提出何种愿望就是如此重大的问题。

无论是想出某种愿望的读者还是像“我”一样什么都没想出来的读者，都会在接下来的阶段被“那她怎样”的疑问吸引。正像沼野充义在对作品集的书评中所说：“若问那是什么愿望……这是读后的乐趣。在重要的人过生日时赠送这本书并一同尝试解开故事最后的谜团……”（《中央公论》，2003.2）她提出的“愿望”究竟是什么——这部作品就是要促使读者产生解谜的愿望。

那么，她提出的“愿望”究竟是什么呢?

她也没有讲明或许也没有必要。这样也确实能够享受到所谓的余韵。但是恐怕只能品味该作的一半乐趣。在村上春树的处女作《且听风吟》中，就像大家特别爱吃面包圈一样，也在作品中央虚然设置空白，在长篇作品中也有许多直到最后都未被解明的谜团。而且，由此又产生了很多解谜的书籍。如果读者被迫去读那类书中牵强附会的谜解，就会放弃自己的解谜和填空。这也未必不能理解。说到这篇作品，尽管并没有明示谜解，但是只要运用镶嵌于其中的解谜代码，答案自然露端倪。作品不仅设置了迷踪，也设置了让读者解谜的玄机。

本书亦可模仿其手法，“就此搁笔”以促请读者自己阅读作品正文。不过，我还是要将全部解谜代码列举于此：

1.“老板说：‘像你这样年龄的女孩，想必会有与众不同的愿望。’”正如“说实在话，我本来预料你会有更加非同寻常的愿望呢”。

那是老板提示的，“对于20岁的妙龄女孩来说非同寻常的愿望”，或者说颇为特殊的“愿望”。

2.“不是不合适，完全不是。只是，我感到很意外啊，小姐。也就是说，你就没有别的愿望了吗？比如说……对了，想变得更漂亮些、更聪明些、更有钱等，你难道没有这样的愿望？这都是普通女孩想要的哦！”

她所提出的并非此类普通愿望。

3.“我当然又想漂亮、又想聪明、又想有钱。可是，我实在无法想象实现这种愿望之后自己会变成什么样，也许那样反倒让我难以适应。因为我还没能完全把握人生，真的。我不太清楚其中的玄机。”

正如她所说，那个愿望实际上不能实现，或者说很难预料能否实现，而且与领悟“人生”的玄机相关联。

4.正如作品中此般内容——“老板说道：‘啊，你的愿望已经实现了。举手之劳而已。’”

就是这个时刻，这个普通的或者说并未提出奢侈“愿望”的时刻，老板表明那个愿望“已经实现”。

5.“……从那以后再没去过店里。原因不明，可总觉得最好别走近那里。我只是莫名地产生了这种预感。”

她所说的“预感”也很意味深长，似乎想要避免再与老板碰面。

6.“但是，看样子你不太想说那件事。”

7.“所谓愿望，就是不能向任何人讲的事啦，肯定的。”

说过两遍的这句话与通常流传的“愿望一旦说出就不能实现”的观念完全相同，恐怕不能发挥代码的作用。

8.“针对最初提问（你的心愿是否已经实现）的回答是yes、no吧？人生之路还很漫长，而且我也没一直看到事情发展到最后。”“实现这个心愿很费时间？”“是啊！”她说道，“在这里时间会起到重要作用。”

从这段对话中可以看到就算现在已经实现也不清楚将来会怎样——这或可成为决定性代码。

9.“她说：‘如今我已跟比我大三岁的注册会计师结婚并有了两个孩子一男一女，还有一只爱尔兰长毛猎犬。我每周两次开奥迪车去跟女友打网球。这就是我的人生。’我说：‘看起来很不错。’”

这样的对话也是针对如下问话的回答——“你选择这些作为愿望没后悔过吗？”或者说是一种避实就虚。从此可以预料到，这种“看起来很不错”的“人生”可能现在不会让她提出狂妄的或奢侈的“愿望”。这一点也很有可能成为启示。

10.“人不管提出什么愿望，不管走到哪一步，都不可能超出自己之外啊。仅此而已。”

从这句话也可看出，这与继续保持自己现状的意愿密切相关。

11.“你肯定已经提出过愿望了吧？”

这里的“你”即“我”虽然已经“提出过愿望”，但是她却并未“提出过愿望”——这也应该是决定性的启示。

那么，答案是什么呢?

同样以老板最后的提醒结束本章——“不过只能提出一个愿望，所以你要好好想想哦”。这也是饶有意趣的节点。不过，既然本书强调的是深入解读，那么即使扫兴也要冒昧提示，答案应该是——“祝你度过不揣任何愿望的人生”。（想必是这样。能得到读者的认可就是我现在唯一的愿望。）

《袭击面包店》[1]

——想象的能力

梗概

我和同伴整整两天都只是喝水，空腹感与虚无感已达到极点。于是，我和同伴带着菜刀，前去袭击某年过五十的共产主义者的面包店。店内收录机在播放瓦格纳的音乐，一位大妈为挑选两种月牙面包磨蹭了半天。等她走后，我依然藏着菜刀，向店主明说自己身无分文、肚子很饿。店主答应让我们吃喜欢的面包，交换条件是要求我们喜欢瓦格纳的音乐。我和同伴接受了这个条件，听着瓦格纳的音乐吃饱了肚子。其间，店主朗读了《特里斯坦与伊索尔德》的解说词。两个小时之后，我们双方满足地告别。我和同伴的虚无感完全消失。

1　初出：《早稻田文学》（1981.10）；
所收：《梦里相会吧》（冬树社，1981.11.25，改名为《面包》）、《梦里相会吧》（讲谈社文库，1986.6.15）、《村上春树全作品1979—1989⑧》（讲谈社，1991.7.22，题名改回《袭击面包店》）。

近几年出版了山川直人的短篇电影《百分百女孩·袭击面包店》的DVD（成隆出版）（电影为1982年），由于在研究领域中论及《再袭面包店》的文章有所增加，该作品也被更多人了解。不过，因为该作品在较为普及的文集中改名为《面包》，所以长期以来并未受到瞩目。

除了山川的短篇电影之外，冈崎京子也创作了受该作启发的漫画［《透视男孩与全景女孩》（杂志屋）中的“场景21”就是“袭击面包店”的标题］，因而关注的人还是会关注。而说到《再袭面包店》，英国制片人西蒙·迈克伯尼在2003年将《象的失踪》舞台化时，在《象的灭亡》的框架中加入了《再袭面包店》，演出也妙趣横生。

那么，《袭击面包店》也好，《再袭面包店》也好，各自具有四个不同版本。如果是日本文学研究者，就会通过比照这些版本，论述作品主题的深化和构思的变化。如果是对文化研究有兴趣的人，就会比较《袭击面包店》的原作与电影、漫画，或将《再袭面包店》的原作与戏剧进行比较研究，一定能做出很有意思的阐述。（由于《再袭面包店》也涉及最初的《袭击面包店》，所以在我们面前就列出了总计11个《袭击面包店》的版本。）而在此仅与现时的《再袭面包店》进行比较并探讨《袭击面包店》。

应该把《袭击面包店》看作描写什么的作品呢?

在《再袭面包店》中，“我”回顾了并非“再袭”的第一次“袭击”，并对妻子说：“居然出来个瓦格纳，虽说是情理之中，可完全出乎我的预料啊！那简直就像是给我们念了咒语。”而且反复强调，听了瓦格纳就没有实施强抢面包说明“那毫无疑问就是咒语”。而妻子也当机立断：“再抢一次吧！这会儿就去！”她催促实施“再袭击”，并说“除此之外没有解除咒语的方法”。从这里也许会想到把“咒语”作为“袭击面包店”的主题。但是在《袭击面包店》中，所谓“咒语”就是店主的提案：“那这样吧！你们可以随便吃面包。但有个条件，就是我要给你们念咒语。这样可以吧？”这不过是“我”与同伴拒绝的交换条件的一个提案被提示而已。而且这个提案未被接纳，交涉的结果是选择聆听瓦格纳。这在《再袭面包店》中就产生了变成“咒语”的扭曲。

那么，在这里也像已经提示过的那样，想弄来面包吃通常是要支付货币作为代价。但是没有带钱就“需要某种交换条件”。此时可供选择的条件就是被念咒或听瓦格纳。以我们普通人的贫乏想象力，考虑不到除货币交换面包以外还有什么方法。或者可以采用大米换面包的物物交换方式，或以劳力代替货币，至多也就是请求对方允许自己干活换饭吃吧？（但是，“我”和伙伴当然也没有大米，或者说有大米的话就不会遭到“空腹金字塔”的袭击了。而且在《再袭面包店》中会被妻子问：“你为什么不去干活儿？哪怕是少量打工也能换几个面包吧？”丈夫答道：“我才不想干活儿呢！”）于是，在无法可想时，我们就铤而走险地去强抢面包了。

是的，“袭击面包店”就是由无法可想的“想象力贫乏”带来的办法。在作品刚刚开幕后的第二个段落中，应该已有如下呈示：

> 空腹感为何产生？这当然是来自食物的缺乏。食物为何缺乏？因为没有适当的等价交换物。那么，我们为何没带等价交换物？恐怕是因为我们缺乏想象力。不，空腹感的直接原因也许就是缺乏想象力。

就这样，由于面包店主意外地提出（多达两个）条件选项，结果图谋“袭击面包店”的主人公们就变得“持有等价交换物”，从而摆脱“缺乏食物”的困境，消除了“空腹感”。作品以“于是想象力就像从缓坡滚落般咔嗒、咔嗒地转动起来”结尾实属必然。是的，这部作品正是以“想象力”作为主题。（当然，等价本身就是幻想，而货币的价值之类正是共同幻想的产物，是物神化这种恋物癖的化身。这部作品所呈示的“想象力”的力量，作为暴露“价值”幻想虚妄性的想象力发挥作用也是不可忘记的。）

同样在作品开头已经明确提示了作品的主题，可以看到《再袭面包店》的开头就有如下呈示：

我直到现在还不能确信，将袭击面包店的事告诉妻子是否是正确选择。这大概是一个不能以正确与否为基准推断的问题吧？也就是说，世上既有带来正确结果的错误选择，也有带来错误结果的正确选择。要想避免这种不合逻辑（我觉得可以这样说），我们在实际当中必须采取不做任何选择的立场，而且我大体就是以这种心态生活。

主人公“我”在第一次“袭击面包店”之后，持续对当时的“选择”感到纠结：“我们后来又对面包与瓦格纳的相互关系讨论了好几天，即我们做出的选择到底对不对，但并未得出结论。如果认真考虑的话，应该是准确的选择。”面对将其当成“咒语”并催促自己“再袭”的妻子，“我”反复质疑现在的“选择”：“真有必要这样做吗？”“可是，真有做这种事的必要性吗？”而结束“再袭”（经过多长时间尚不明确）的现在，“我”呈示了先前即开头引用的感想。如此看来，《再袭面包店》的主题显然就是选择的正确性或不确定性。而且可以说，这种“不合逻辑”性主题的《再袭面包店》就是与《袭击面包店》主题根本不同的作品。

如果说文学原本就是作者想象力的产物，读者也是带着想象力参与作品，那么文学史上以这种“想象力”本身为主题的作品应有许多。例如梶井基次郎《柠檬》中描写的主人公就把手里拿的一颗柠檬看成炸弹，并通过想象书店爆炸消除了胸中的不祥块垒。新作中还有山田咏美的《风葬的教室》，作品中的主人公杏在大脑中想象以风葬将搞霸凌的同学一个个地杀死。在这种变革现实“想象力”的作品系谱中，我们可以加入这部《袭击面包店》。

但是前文也引用过的末句中用到“片假名”拟声词。那位“久久凝视月牙形面包和纺锤形面包”犹豫不决的大妈妨碍了两人的袭击行动，拟声词描述了她手中托盘的响声。那个“摆着面包的托盘在她手中咔嗒、咔嗒地摇晃”，但是，“当然不是真的摇晃，说到底也就是比喻性的摇晃——咔嗒、咔嗒”。而且，这种“比喻性”的状态进一步被影像化，变为如下场景：

> 纺锤形面包首先站上讲台，向罗马市民做了不能不说令人感动的演说。漂亮的语句、美丽的修辞、富有磁性的男中音……大家呱唧呱唧地拍手。接着是月牙形面包登台，滔滔不绝地讲起了交通信号。（中略）罗马市民虽然不知所云，但听起来相当深奥，也就呱唧呱唧地拍起手来。掌声还是月牙形面包这边稍稍热烈一些。

这确实是充分发挥村上春树式比喻谐趣的一大看点，但前述山川的电影字幕将“咔嗒、咔嗒”写成汉字“过多、过多”。虽然想以此为重点进行表现，却并未完成这个场景的影像化，或不如说这种比喻式的谐趣难以用影像来表现。这是因为节能型的短篇电影不允许投用太多的群众演员让“罗马市民”登场，而且更重要的是，这种比喻性的形象需要语言的影像唤起力来表现，需要依凭我们读者的“想象力”。而以直喻式表现的魅力为生命的村上春树文学，也从这种意义上向我们强烈呈现了“想象力”的力量。

《铅笔刀》[1]

——幸运的渡边升·幸运的交换

梗概

“没有渡边升，恐怕至今我仍用着那个脏兮兮的铅笔刀。托他的福才有了一个闪闪发光的新品铅笔刀。这样的幸运并不多见。”

我在厨房的桌前工作，发现来修水管的渡边升偷窥我桌上的铅笔刀。修完后他对我说：“那个铅笔刀真不错吔。”他是一个铅笔刀的收藏家。桌上那个铅笔刀根本不值钱。对收藏者，却似乎很有价值。渡边升建议，他用自己的新铅笔刀换我这个旧的。

1　初出：《男士俱乐部》（1985.11）、《复选框》（1985.11）、《菠萝》（1985.11.10）；
初收：《夜色阴云》（平凡社，1995.6.10）《夜色阴云》（新潮文库，1998.3.1）、《村上春树全作品1990—2000①》（讲谈社，2002.11.20）。

“我变得絮絮叨叨。但这样的幸运，人生中却不可多得。”

《铅笔刀》刊载于《中学生国语扩展学习3年资料编》（三省堂）这样一本中学教科书中。想必您读过梗概，就已心知肚明——这部作品为何被称作教科书一样荒谬至极的作品。

苦于市场占有率争夺的教科书编辑，想用村上春树的名字吸引眼球，同时也想避免像“情妇”那样拾人牙慧地跟风其他出版社的作品。作为长期从事教科社出版的编辑，我们能够理解。即便如此，《铅笔刀》也给人故弄玄虚的感觉。的确，作品中的铅笔刀是“我中学时代开始、用了20多年”的物件。也许能给同龄的中学生继续使用，才有了感人的效果。（确实，主人公是同龄人，但《海边的卡夫卡》就很难载入教科书。卡夫卡少年已经15岁了。）但是有什么效果呢？莫非是爱惜物品的道德指导？结果却换成了“新品铅笔刀”，看作“不甚显眼”的“幸运”，毋宁说效果是相反的。顺带一提，教科书的教师指导用书中，并没有特别规定其中的寓意，而是强调如下可能性——“作为拥有村上作品特征的寓言故事来解读”，或者作为一种讴歌的对象——“阅读中领略现实中的非现实幻想”。但是其内容，仅仅是将“领导人的设想”一股脑儿抛出，否则就无法作为“扩大读书范围的入口”。（作为证据，2012年采用的《铅笔刀》，2016年已无踪影，取而代之的是二年级的教科书采用了堪谓优秀教材的《最喜欢薯条汤的猫》，这是春树的翻译作品。）说起来，初中生对这部“作品的魅力”（指导书）能理解多少值得怀疑。姑且不论初中生还是长大的我们，这部作品的魅力到底在哪里呢？顺便指出，指导书以外唯一值得提及的是《村上春树作品研究事典》，可以读出“家访者牵扯的奇祸设定”“铅笔刀恋物癖一般的执着和超越意志作用于人类的幸运的概念”（佐野正俊）。但《铅笔刀》近似于“电暖炉”之类的外部物品，是可以进行交换的，如果将愚蠢的事态夸大为“幸运”，就成为偷梁换柱的玩笑，那显然无法称作有效的读法。

但《铅笔刀》的副标题是“或者是幸运的渡边升①”，同样附有“或者是幸运的渡边升②”副标题的、表现“时间·机器”的作品，也收录在了作品集《夜色阴云》中，明显属于《铅笔刀》续篇（在首次出版的《铅笔刀》中有《J. 普莱斯短篇集⑥》；《计时器》中借鉴了《J. 普莱斯短篇集⑧》的角度），故事如下：

> 我正吃橘子，渡边升来了。他是水暖工。我便说，不需要修理什么。他对我说要换一个新的定时器。我没有准备新的定时器，只好应付似的请他进屋，看看烤着橘子皮的电暖炉。可他认真地检查了一下说，这是绝品，没货了。根据他的要求，我换了新型的电暖炉。我回到屋里，

接着吃橘子。

那么“铅笔刀”不但变成了“电暖炉”，甚至还进化成了“定时器”（？）。这是一部无意义的表现上精雕细琢的作品，却明示了仅凭标题难以看清的两部作品的关联或关系。副标题“渡边升”，竟为何人？费思量。当然也可以说，不过是小林一郎、田中实之类日本常见的姓名组合，不过一个登场人物的名字罢了（之后以这个人物的立场解读作品）。同样，读者若知道《发条鸟编年史》中，重要人物冈田亨的妻子久美子的哥哥名叫“绵谷升”，便可注意到某种类似性。没错，不仅《发条鸟编年史》，阅读了更多村上春树作品的读者，与其说是类似不如说了如指掌。许多作品都出现了“渡边升”的名字。《象的灭亡》中的饲养员、《家庭展览会》中妹妹的婚约者、《双胞沉没的大陆》中的共同经营者、《发条鸟与火曜日的女人们》中的猫和义兄（有时是片假名标记的“渡边升”）。由此发展的《发条鸟编年史》中的“绵谷升”或“渡边升”当然具有类似性！《再袭面包店》所收的6篇中，4篇都有前述人物登场。那么所谓“渡边升”其实是本作所收作品《夜色阴云》的合著者，也是他出道时的插画作者，许多工作一起做的盟友/迷友亦即插画作家安西水丸的原名。这早已不是秘密。在“‘村上春树大采访’——《挪威的森林》的秘密”（《文艺春秋》，1989.4）中早已说得清楚。“嗯，我想知道的人都是知道的，所谓渡边升就是插画家安西水丸。问安西水丸先生的本名是什么，答曰‘就是渡边升啊’。当时人们听了感觉非常新鲜。”至此，“登场人物未被命名”却出现了《再袭面包店》中的“渡边升。因此我才得救了”。这段话写得很清楚（且是久居翼等人的引用），所以这里的“渡边升”就是安西水丸（或被戏称为安西水丸“渡边升”）。这是最近日本的流行语即“有趣的取材”，令铁杆粉丝读者十分享受。但是文库《后记2》中，安西说过如下一段话：“每次期待村上先生的超现实主义短篇小说。总而言之，不知从何处飞奔而出的令人吃惊的箱子好像要打开，总是让人心神不宁。”看到当时波士顿的村上春树投稿，“总觉得像在写信一样”。正如村上春树所说，在让读者开心之前最想和共同工作的安西一起潇洒，那是村上春树的游戏。如文字所示，“超现实短篇”最好是那类无意义追求的文章。村上春树也在全集的“解说”中提到，这些超短篇“大部分是没有意义的玩具”（包括《意想不到的幽灵》系列）。

但是他的“自我解说”给人一种印象——“在此般写作的过程中，感觉自己心中的抽屉被整理得一干二净。无→创意→自动笔记→完成，过程一个一个堆积起来，在那无意识的集积中有些地方却显现得十分自然。”正如他所说，试着思考一下“无意识的集积中”，“能够显示出”的是“什么”。

作品开篇就是，“没有渡边升，恐怕至今我仍用着那个脏兮兮的铅笔刀。托他的福才有了一个闪闪发光的新品铅笔刀。这样的幸运并不多见。”结尾则是，“絮絮叨叨。但这样的幸运，人生中缺不可多得。”村上春树常用这样（《松软轻柔》等展示的村上春树短篇中常见）的首尾（反复）照应结构，这部作品表现的是关乎“幸运”的故事。村上春树的著名造词之一就是——“人生的琐碎小事却断然一个幸福”。相对《兰格尔汉斯岛的午后》的“小幸运”，应当说是“确切大幸运”或“稀有大幸运”。然而续篇中，并未表现出由衷的感动，吃着被炉上“柑橘”展开扭曲的“小幸运”，有趣的是纯属村上春树式的扭曲。应该注意的是，带来“幸运”的是旧铅笔刀到新铅笔刀的那般“交换”。

在本书中提到的《镜中的晚霞》中，是爱妻交换了会说话的狗，在《袭击面包店》中则是（喜欢）瓦格纳的音乐换为店内面包放开吃的权利。尽管到《再袭面包店》开始质疑究竟是否等价交换，但在《袭击面包店》的阶段，受到质疑的却是貌似等价的想象力。在这里，初中生小林君和同年级的田中君交换了铅笔刀而未能发挥的想象力，水暖修理工“渡边升”实现的交换却令作者得以发现。《定时器》中的“幽默感”承认那种错位或飞跃。而且作者的想象力水平，就读者的水平言，将A“脏兮兮的铅笔刀”换成A'“新品最新式的铅笔刀”，乃是理所当然的物理交换，A“我初中时代用了二十几年的十分平常的手动式机器”，换作B“1963年的马克斯型PSD”，且心中认定，这是价值或认识水平的转换或交换。不仅《铅笔刀》，《定时器》中也在实行着某种认识的转换或交换——A旧的电器被炉替换成A'新品的电器被炉，在这种物理性的交换前提下，A“昭和四十六年型国民性的‘诸如此类’”，实际上只是B《计时器》的那种认识的转换或交换。换一种认识，就是机器。在此，我们的“想象力A《铅笔刀》和《定时器》从文本的次元转换到B村上春树文学整体性的次元”。如同从平缓的坡道上轰然滚落（《袭击面包店》）。

现在这里的A“诸如此类”，与B《定时器》交换的认识图式，以不在眼前的B苹果比喻我们熟识的就在眼前的A脸颊，这正是一种明喻的机制或模拟。当然也有把“黑衣男子”换称为“乌鸦”的隐喻。“雨停后的女人”整体替换为“市女笠”，以部分文字替换的换喻或许更易呈现“交换”的意义，虽然尚不能称作隐喻或者换喻，但仔细想来，村上春树擅长的明喻，也正是以能指B置换了眼前的所指A，在那里确实实现了前述交换。

如果说渡边升带给“我”的交换称之为幸运，不妨说村上春树也给我们带来了难得的喜悦和幸运，我们托村上春树的福，体验了愉快的想象力之运动。在村上春树的文学中，明喻是象征性的代表，种种认识的变换/交换充满了幽默式的修辞，使我们体验了无限的发现和认识。

其余的两篇增补作品也会关注明喻。

《松软轻柔》[1]

——明喻的暗示力

梗概

（我喜欢世界上所有猫类，但地球上生活的所有种类的猫中我最喜欢的是年迈高大的雌猫。）我喜欢在廊檐下，随意躺在午睡的老猫身旁。只觉得自己也变成了一只猫，领略到生命中最美的部分。

我六七岁刚上小学，就跟一只名叫“绒毯”的猫一起生

1 初出：①*NUNO NUNO BOOKS: FUWA FUWA*（株式会社布，1998.5）；
初刊绘本：②《松软轻柔》（讲谈社，1998.6.25）；
再刊文库本：③《松软轻柔》（讲谈社文库，2001.12.15）；
文字文本定本：④《村上春树全作品1999—2000①短篇集I》（讲谈社，2002.11.20）；
重版、再版：⑤斋藤孝编《斋藤孝一气解读！名作选小学6年级》（讲谈社，2005.7.13）；⑥《中学2年级国语》（光村图书，2006.4.1）；⑦讲谈社文艺文库编《日本童话名作选·现代篇》（讲谈社文艺文库，2007.12.10）。

活。那是一只上了年纪的老猫，因故来了我家。那以后，老猫竟两次耗时一个多小时，慢慢地走回了原来的主人家。第二次回来时，老猫似乎明白了（这里是自己的新家），打那以后哪儿都没去过，安心地留在家里，我们成了朋友。我没有兄弟姐妹，我总是和那只老猫一起嬉戏。我从猫身上学到了很多东西。对生命物同等重要的比如幸福，就离不开温暖而柔软的感觉，这一点无论到哪里都不会改变。（即便现在，在这个世界上所有活着的猫中，无论怎么说我最喜欢的都是年迈而高大的雌猫。）

《弃猫》/《松软轻柔》

在村上春树的文学中，《海边的卡夫卡》以后“父亲”主题引人注目，也有许多论者关注于此。2019年春，村上春树发表了一个随笔《弃猫，提起父亲时我要讲述的往事》（《文艺春秋》，2019.6），杂志上一句话语“自己的第一次追根溯源”引发了广泛的注目，他第一次赤裸裸讲述自己的父亲。在此论及超短篇，笔者无意直接论述“弃猫”的意义及春树文学中“父亲”的重要性，但论及《松软轻柔》这样的作品，作品中的猫与《弃猫》中描写的猫显然如出一辙，从而使我们了解到——《弃猫》中的猫的故事（同样也是父亲的故事）都是完全真实的告白，借此我们也间接地看清了一个十分重要的问题。如标题所示，《弃猫》始自村上父子“弃猫”的插曲。

> 家住夙川（兵库县西宫市）时，曾在海边丢弃过一只猫。不是小猫，而是已经长大的母猫。……父亲和我在那个夏天的下午，把那只母猫扔到了海岸边。父亲蹬着自行车，我坐在后面拿着猫笼。沿夙川走到香栌园海滨，我们把猫笼放在了防风林处，头也不回就赶紧返回家中。

奇妙的是，弃猫之后返回了家中，“方才遗弃的母猫‘喵喵’地竖起尾巴亲昵地迎接我们”。我自然而然地描写了父亲当时的反应，“他目瞪口呆的表情瞬间变成了无尽的感动，然后露出了安心的神态”。言及这种表情，村上春树说到后来“突然想起”的一些往事，“在奈良某处寺庙遭遇挫折后不久，父亲又回到了京都。……被送回老家的父亲，从此没有遭遇任何新的挫折，他在安养寺像所有父母的孩子一样长大成人”。父亲显然说过自己曾“被父母抛弃”的短暂体验。那么《弃猫》的小说情节显然是巧妙的，奇妙的，莫非是以想象的形式实现了猫我合一，由此窥见了父亲的内心世界，进而在读者的内心深处实现了父亲和猫重叠融合。但是《弃猫》中父子抛弃的母猫却回到了少年家中，这样的小插曲以逆转的形式体现了某种差异，《松软轻柔》中少年家收养的猫咪，却是返回了原来的饲主家。

> 雌猫回来后，再次步行一个多小时回到原饲主家（蓄髯的医生）。/早上起来，不见了猫的踪影。没人知道她是如何记住了那条路线。/明明是放在猫笼里绑在自行车货架上带回家中的，她竟不会迷路安全返回了饲主家。她得穿过两条电车轨道还要渡过一条河哪。

倘若属于后者的《松软轻柔》写的是事实（恰如日后引用的村上自解——“这是我小时候真实的养猫故事”），前者《弃猫》就不能说是“真实的告白”。他说：“我迄今的创作多为虚构（说到底皆为虚构），而随笔原则上不能虚构。虽然也会出现误解或记忆的错误。”（问题255《尝试用村上方式做做看——众人砸向村上春树的490个问题他能解释清楚吗》）那是春树自己一段话的引用，不妨在《松软轻柔》的解读中进一步思考——“何者是事实？”

作为朋友的猫咪／作为朋友的儿童文学

村上春树的《松软轻柔》的确是一部奇书，其绘本与插画家安西水丸的流行画产生了微妙舒缓的回响，让人感受温暖，即那种松软轻柔的感觉。不可思议的是笔者一方面感受到绘本图书强烈的割裂感，另一方面也感受了猫毛那般“松软轻柔”的语感，除触觉上给人的舒适感，或许亦起因于相反的因素——猫的好动——它脚不沾地奔跑腾跃。

绘本《松软轻柔》开篇便是安西水丸的绘画，画中没有主人公少年的身影，只有猫的全身或者一部分，还有一些奇形怪状的东西——不知是少年的物品还是猫的玩具。象征性的是横贯“连环画”双页地平上的文字内容，那语言的叙述形式是由上而下地鸟瞰猫的世界或猫的时间，在读者看来，宛若以少年的视角注视猫和玩具乃至更加广阔的世界，或者说，体现了一个受到前述心情诱引的巧妙的构造（由上至下地进一步俯视那正在观望中的自我）。这是《松软轻柔》不可思议的松软感之原形。遗憾的是安西在少年眺望的世界所绘画面中，置有少年沉迷阅读的书籍。村上春树的《鸺[1]在黄昏中飞翔》中有如下内容：“川上未映子问，‘我原本就那么喜欢读书吗？’答曰：‘我觉得，独生子女占很大比例。……一人独处大都在看书。家里藏书多，有书就不会感觉寂寞。猫和书是朋友吧。’”另外在《弃猫》中，也有如下的描述：“我没有兄弟姐妹，所以猫和书是我最重要的伙伴。”《松软轻柔》描写

1 鸺（xiū）：鸱鸺；鸺鹠，羽毛棕褐色，尾巴黑褐色，腿部白色。捕食鼠、兔等，对农业有益。亦称“枭”。

了那个“独生子”少年，他将“猫”当作“朋友”共度时光，而现实中的村上春树少年除了“猫”，还有很多以“书”为“友”的时间。“读完面向少年的书籍，他又像贪婪的老鼠搬迁到其他食品库，开始涉猎成人书籍。就这样，我无有止境地被吸引到图书的世界中。”村上春树在《故事的好循环》（《村上春树杂文集》）等许多场合都夸耀自己少年时代超凡的读书量。那么毫无疑问，在他高中时代以后受到美国文学影响之前，少年时代涉猎的儿童文学影响的确是显而易见的，如《意大利面工厂的秘密》（《象工厂的HAPPY END》，1983.12）或罗尔德·达尔的《巧克力工厂的秘密》（田村隆一译），诸如此类。或者，即使不是直接的影响关系，读者也能随处找到村上春树小时候读过的儿童文学作品或绘本（画册）的影子。但《松软轻柔》涉及问题颇多且是单纯面向儿童的绘本。

作为随笔的初出／作为绘本的初刊

这部《松软轻柔》的成立过程是复杂的，曾有形形色色的变体。正如文章开头提到的，①是初出，②是初刊绘本，③是文库本，④是文字文本定本，⑤以后是重版、再版。关于其成立过程，很容易找到作者自己的解说。以下是④所附录的“解题”全文。

> 一个时代转瞬即逝，《松软轻柔》刊于1998年，是为某服饰公司创作、发行的图书。作品的语言简单易懂，姑且采用儿童读物的体裁。委托人希望，在表现衣物触感的若干词语中选择适合于自己表现的词语，写出相关的作品。我便选择了“轻柔”一词。/故事关联于我小时候实际的养猫经历。我早就想过什么时候写写那只猫。那个偶然得到的“轻柔”词语就变成了一个形式。/这部《松软轻柔》后由安西水丸先生作画，我也增加了一些篇幅，作为绘本（连环画）获得了出版。

就是说，现在②已脱销，但因③的普及，除翻译绘本外，成为村上春树少有的儿童绘本读物。当初《松软轻柔》被看作儿童绘本（事实上③是文库本，很难称作绘本），实际上只是姑且当作“儿童读物”来创作，既不是绘本也不是儿童文学，而是面向成人的特殊的随笔。但是最初的文本没有插图，同样没有插图的是④，刊出后很多人认为①与④如出一辙，也有一些不起眼的媒体罔顾事实。但事实上，最初的初出①与④的底本间，不妨说有着决定性的巨大差异。这里并不是那种简单的插图添加，文字文本体现的物语内容的变化，已经发生于②的绘本改稿阶段。

我们缓缓再看那种改变的具体状况。先来看文字文本正本④，尝试探寻其故事内容，所谓“松软轻柔”就是下文所表达的状态——“**我喜欢世界上所有的猫类，但在地球上生活的所有种类的猫中，最最喜欢的则是年迈而高大的雌猫。**”随后又以这样的表达结束——“**因此不论怎么说，在这个世界上生活的所有猫类中，我最最喜欢的还是年迈而高大的雌猫。**”（亦可读作随笔）那样的故事讲述了“我”的所思所想，那样的“物语”中没有惊天动地的大事件（除去最初文本的删除部分），只有“**年迈高大雌猫**”的一般性的淡淡言说，只有怀着那般思绪的具体的描述，回忆与“**年迈高大雌猫**”绒毯一起度过的每一天。其中有一个关联于前述《弃猫》的小插曲——它竟独自回到了原先的饲主家。

作品中飘逸的丧失感／明喻的功能

那么这个故事究竟获得了怎样的解读呢？像⑥那样收录在教科书中，除在国语教育的现场出现过几篇论文外，几乎从未当作研究的对象。值得注意的是，西田谷洋（《插图的乡愁》）以《绘本》中“插图”体现的“乡愁”为关注点，得出的结论是作品意味着“生命的复苏—再生的意义”。考察西田谷此般理论的同时，村上吕利（《〈松软轻柔〉论》）也论证说，作品体现了“多元宇宙交响时空的永恒跨越和‘生命原野’的苏生”。西田谷的“生命复苏”是以等待“复苏”的损耗状态为前提的，貌似否定西田谷理论的村上吕利论，最终却也同样使用了“苏生”这个词语，两人同样使用了近似的“再生”或“苏生”，但他们却全然没有论及构成前提的“死”究竟为何物。在无法呈示根据的情况下，他们由作品中嗅出的“死”的暗示令人摸不着头脑。

当时值得参考的，尚有五十岚淳（“挑战难度教材《松软轻柔》”）的相关论点，同样受到西田谷论的显著影响——认为作品使人产生“怀念或乡愁”。那种感怀源自“村上春树作品中常见的独创性的比喻”，背景是“异常寂静、漫无边际的午后，油然而生的联想是长期闲置的宽敞的浴场”。令五十岚产生“丧失感”的显然是那个明喻部分——“长期闲置的宽敞浴场”（“A如B”或相当于“B的A”或相当于这般情况的B亦即A之所喻）。

五十岚的例证叠加了“安静”“空虚”“异样空间氛围”等印象，且最终导引出来的是所谓“丧失感”一语。但由大量镶嵌于作品的明喻部分，可获得以“丧失感”或更趋明了的“再生”“苏生”为前提的与“死亡”相通的形象感——如“夏末海鸣”或“时刻表上不见的幽灵列车”。这只是单纯的形象，据此而论要被斥之为印象批评。不过原本“明喻”这个修辞，相当于现今的所指邻室，唤起的是眼前不在的能指之形象。那般形象啦印象啦又当别论，至少能像五十岚呀、西田谷啦、村上吕利那样，让读者感受到某种“丧失感”。

没错，“丧失感”正是莫须有。即以上列举的能指部分在故事内容中并不存在，却当作了确实飘浮的“丧失感”或故事言说，以及由此带来的原本无物的“丧失感”，那么文本此时抹去的想必正是某种“死亡”的阴影。考察中渐渐得出的结论是文本从初出的①变为绘本的②，想必做出了大幅的修改（也就是说，在有意识从文字文本改变为儿童读物“绘本”时想必预先有所保留）。

丧失感的实质／删除部分的意义

话说回来，前面引用过村上春树自己的一句解释——“后来出版的绘本多少添加了一些内容”。那么在读者看来，就会感觉整体上初刊的绘本要比最初的作品更长。深信不疑。也许这样就会感觉，最初的作品比绘本的信息量小，只是急就章似的应景之作罢了。到目前为止，可以说对于最初的作品完全没人关注，那么出现前述情况也是理所当然。从来就没人关心，在改为绘本的过程中究竟做出了怎样的改动。实际上认真对照，就会发现不仅是“添加”，也有很多删除的部分，还有语句的替换等，总之差异的水平形形色色。所谓“添加很多”，令人疑惑添加了大量内容，其实总字数反而比原来少了。实际改稿中最最值得注目的地方，其实也正该当删除的部分。

作品临近尾声有如下一段：“因无兄弟姐妹，我从学校回来，就和那只猫一起玩耍。我从猫那里学到很多对于生命体同样重要的东西。”接下来在②的初刊以后，“所谓幸福，就是温暖而柔软，无论到哪里都不会改变比如说……”这正是经常地被人引用的、作品最重要的部分。实际上，在初出的①中乃以“许多事物”的形式，局限于抽象化、概括式的叙述：“不是说笑，我真的从智慧的老猫身上获益匪浅。”在这个意义上，那便是初刊②的添加部分。在初出的①中接着描述道：“所以有一天，无任何先兆，她没有跟我告别，便永远从我们面前消失了——她已不知归途——我失去了与世界的一个重要的联系。”作品中还写道：“那只猫拥有松软轻柔的美丽毛发。午后吸入的太阳的气息，闪耀出美丽的金色。即使现在，这个世界上生存的所有猫中，我最喜欢年迈高大的雌猫。”如此，“初刊②以后虽添加了很多内容，但最初的①”的结尾正是前述最后的一段描述。

就是说在先前看到（现行②以后）的作品中，飘浮“丧失感”的“死”的阴影，可以说正是初出①的“绒毯”之“死”——永远从我们面前消逝的丧失感或失落感。因此（初出①和初刊②以后并无差别），作品中对于丧失之前的猫，唯有“生命”感。当然从文本论的角度，仅论当前的文本亦无不可，或许也只能仅论当前的文本。就像前面看到的明喻中的能指一样，就当前的文本而言，此时并不存在的先前的变形金刚影像也会对文本产生影响。

那么，在初出①和初刊②以后，其间可以说具有本质性、决定性的差异。尽管如此，可以确认初出①的“死”的阴影落在了初刊②以后的作品中。关于此，亦想在除此而外的异同中进一步考察。

前述结尾部分有着大幅的删除（或许那不是作者刻意的操作），却给作者带来了“大幅添加”的印象——正是多达25处添加部分。其中值得注意的是，“合着柔软猫咪肚子的呼吸，时鼓时落，一鼓一落，就像地球初始成形的状态”。这一部分“就像地球初始成形的状态”——这一处指比喻的追加（改变），令“我俩相互缠绕，宛如水乳交融般泥水静卧于彼”。这一部分追加了两个明喻——“水乳交融般的泥水”。在初出中，前一个明喻是“猫的侧腹合着它的呼吸，像风箱一样大幅度地一起一伏”，后一个明喻则是，“我俩融为一体、静卧于彼”。两个不同的比喻，前者是“诞生”的主题，后者则是“一体化”的主题。前者容易理解，乃是由“死”化作“再生”。后者的想象则是参照以前的与“绒毯”的“一体化”形象，补偿了猫“死”造成的精神伤害。这恰恰增强了末尾删除带来的效果。另外，虽然不是明喻（形容A像“B一样”），却是“太阳”一词的修饰句（用A的形式形容“B如何如何”）。如下这样“很久以前的（而且现在也同样飘浮在空中）”的表述，以及结尾前添加的文章中诉诸的形象“一望无际的、广阔的生命原野”，都给人一种与“死亡”终极对立的“生命”的“永续性”印象。

来自“死”的“再生”／“系于”二元的一元化

故事基于作者自身的现实体验即“小时候养猫的真实故事”。作者经历了丧失爱猫的痛切体验，初出①写到了爱猫之“死”，尝试令之“再生”，便将初出的①改稿为初刊②的绘本。猫死之后“她已经无法原路”（初出）返回，那么“再生”就是把猫领回家来。因此作品主题有“返回”“带回”的意义。开篇保留的那个“返回”是从被遗弃的场所回到“我”家。那么《弃猫》写的是事实吗？抑或《松软轻柔》中的猫从我家“返回原饲主家”的描写是事实？关于这一点，正如“死”的事实之隐瞒——即使《弃猫》中的雌猫返回了家中，无可置疑也是象征了死亡。而自己回来的事实（《弃猫》）只是将返回的猫“带回家”，是这样一个虚构的实施（《松软轻柔》）。由此产生了“再生”的主题。而所谓的“再生”，则容易反向读作“抛弃”而后的“带回”。这样的变更，显然可以读出虚构的意图。

然而，初出也能看到如上“再生”的意图。故事从内容上讲，后半段回想的儿童时代置于时间系列的前部，却以后置的形式以作品中的猫死令时间停止（读解像似回归到开篇，形式上是将首尾照应的词语放置于末尾），仿佛采用时间逆转的构造，但是改稿绘本并没有明确显示猫咪之死，时间不会至“死”而是一种永续化的状态。

在被延长的时间中，前半段正可看作“猫的时间”。那里生动的描写是“好像自己成为猫的一部分融为一体，仿佛嗅到了猫毛的气味”。接着写道，“无论到哪里都不会改变”，我和猫仿佛融为一体。这样融为一体的不仅是“我”与猫的主客如一，也是作品所有层面上展示的现象。

这种形式便是二元的一元化或者二元论的无化，用作品中的语言来说即“我和猫，根据其他任何人都不知晓的猫的时间融为一体”，亦即“融为一体”的一体化。这样的二元无化或一体化，在话语的层面上也能实现。如“这个空间的存在必定也存在于其他的某一空间。我深有所感。不久，很久以后，我会在不同的场合（意想不到的地方）获知于此”，这一词语的实现关乎那般发现，在此对我们讲述了那只猫的世界、猫的时间、猫的生命。可以说，时间正是过去和现在的一元化，而过去和现在相连，亦即猫死后丧失对象的现在与猫活着与自己一体化的幸福过去相连，亦即《挪威的森林》中所谓“死非生的对极而是作为生的部分而存在”（哥特式原文）。亦即生死相连，生与死的一体化。所以有“再生”之谓，再生者并不仅仅是猫。

作为过去、现在时间的一元化，也可以说是与过去的故事内容和现在的故事行为一致，所谓“话语的层次”就是此意，也可以说，这里发生的事情将被叙述的自己和叙述的自己一体化。此时描述“猫的时间”，在关注“猫的时间”的绘画中孩童时代的少年并不在场，然而以此为根据，将故事理解为当时“我”的视点是错误的。那样就不会发现“季节是秋天”，也不会有“作为孩子的我”这样的对象化。“我”在这里注视当时的“我”，依附当时的“我”，重新关注、凝视“我”的世界，或将获得重生。“猫在那里。但我有时在那里有时不在”。就是那样的意思，“在那里”者即当时的我，“不在那里”则是现在的“我”。

就这样，“我”和猫融为一体，变成过去和现在融为一体，或两个“我”融为一体。生死相连。“我”便感受到猫的时间。或者说事物是可逆的，能够感知猫的时间，“我”便与猫融为一体。所谓“我和猫因无人知晓的猫的时间，达成了融合为一”。我与猫相连，不仅是两者的相连，还因最初描述的猫死——“我因此失去了与世界的一个重要联系”。正如初出所写，猫也成了“我”与世界连接的纽带。

且看前述引用。“存在于此空间者，必定存在于其他不同的空间。我感同身受。不久，很久以后，我会在不同的场合（意想不到的地方）获知于此。”这句话就像我们看到的那样，两个时间“结为一体”。颇有意思的是，在《1963/1982年的依帕内玛女孩》（摘引自《袋鼠佳日》）这部作品中，又说到了如下“关联”。

从那以后，我们不再交谈，但我觉得心是紧密相连的。我不知道具体的连接在哪里。想必在某处遥远世界的奇妙场所。……不知何处一定有连接我与“自我”的纽带。总有一天，我会在遥远世界某个奇妙的地方与“自我”相遇。……在那里我是我自己，我自己是我。这两者之间没有任何种类的空隙。世界上一定有那般奇妙的地方。

这是聆听“依帕内玛女孩”时的回想及与曲子的“关联”，相关叙述同时涉及“我和自己连接”的恢复。这是非常重要的一节。比如说这里所谓“遥远世界的奇妙场所”，正是《松软轻柔》中的“某处别的场所（意外的场所）”，在那里“与我自己相遇”，在《松软轻柔》是与“我”融为一体的猫——“这种空间里的存在”，是“什么啊，原来在此”的发现。唯此而已。这里看到的“松软轻柔”乃是所描绘世界原本的世界观。也就是说，村上春树的作品全部是相互关联的。因此理所当然，其“绘本”世界也与小说世界紧密相连，所有的作品世界具有关联性。《松软轻柔》（包括其诸多超短篇小说）处于结点的位置。

《蓝色消隐》[1]

——连续做着同样的梦

梗概

熨衣服时，蓝色消失了。“我”十分惊异，无可奈何。果不其然，除了衬衫之外，蓝色也消失了。

我应当与人确认——蓝色是否真的消失。给朋友打电话他却不在。于是问了女朋友，她却觉得我脑子有病。

我得确认蓝色到底消失了没有，便外出来到地铁站，问了工作人员，却也没人搭理——说是与政治无涉。我便四下寻找其他蓝色，却找不到。

试着给内阁总理府广报室打了电话，总理大臣的声音回答说：“有形的东西一定会消失，制作新的就行了。”可是不知

1　初出：英国《独立报》、法国《鲁蒙德》、意大利《拉布里卡》、西班牙《香料》（联合发行的杂志*Leonardo*，1992）；
初录：《村上春树全作品1990—2000①》（讲谈社，2002.11.20）。

为何，“我”还是执拗地喜欢蓝色。

近期未来／过去

村上春树有一篇佳作《蓝色消隐》（*Losing Blue*）并不受人关注。所谓不受人关注，乃因收录的刊本只有全集（《村上春树全作品1990—2000①》），却没有收录在普通易于看到的单行本和文库本中。但“一般性”有所保留的是，本作曾载于《新精选国语综合》（明治书院）等国语教科书中。以此为契机，出现了很多教材研究性的论文。在如今村上春树研究史上成为一个例外，与《镜子》（《袋鼠佳日》）一样拥有很多先行研究的文献（同样多为教材论），从这个意义上说，它在村上春树研究方面其实是相当引人注目的一部作品。

因此，这里也想把那些教材评价纳入视野。首先要阅读作品（与学生阅读课本同样的形式）。

《蓝色消隐》，英文文本标记为“Losing Blue”。石川则夫称其是一部佳作，飘浮着村上春树式的丧失感（亦即充溢着主人公受到袭击时的丧失感和孤独感），特征在于将舞台设定在千禧年的转折点。为何选在千禧年？因为那是一个特别的背景，此文本最特异的位置正是全集。首先来看看其成立的情况。

对此，村上春树在自己的解说（“解题”，收于前述全集）中写道：“1992年西班牙塞维利亚世博会（EXPO'92）特辑，杂志约稿。很厚的杂志有英国的《独立报》、法国的《鲁蒙德》、意大利的《拉布里卡》和西班牙的《香料》，各家报纸以‘别册（附录）’的形式共同制作，使用各自的语言发行。”说起来比较少见，外国媒体都是首次刊出此作。同时，那些杂志要将作品翻译成四国语言（具体说就是名为“LEONARDO”的册子）。能够这样刊登作品的杂志，想必唯有世界级的村上春树。但是，若无充分的解说（给人的感觉，便是勉为其难地在副标题附加英文标记“Losing Blue”），作品的表层就会缺少某种含义。这种罕见的发表过程给这部作品（主要围绕时间）的读解带来特定的问题。在相关的论述中，我们继续阅读紧密相关的围绕“千禧年”相关内容的前述“解题”。

> 为那本杂志，接受相关约稿——撰写以千禧年除夕为背景的短篇小说。那是1991年……世博会的主题之一“面向千禧年”，主办者……当然表达了那般委托。……故事描述了8年以后的世界，多少给人以不远将来的感觉。

没错。约稿发生于千禧年渐渐临近之际，“多少有点不远将来的”意味，这正是阅读这部作品的关键所在。略加整理。

A. 执笔时间（1991年下半年）

B. 作品最初发表时间（1992年春）

C. 故事内容（1999年12月）

D. 作品在日本的发表时间（2002年11月）

执笔当时（A）设定了“8年后”不远未来（C）要写的作品。当然我们现在阅读的是在日本发表之初的（D）。对日本读者，至少是三年以前的过去（C）的故事。因而作品产生了不可思议的错位。从作者的角度来说，这样的作品像似SF[1]小说，描写的是现在时间点开始的未来，读者却感受到某种奇妙的扭曲——仿佛在阅读现在时的小说、背景却是过去。对作者而言A→C的朝向未来的时光流，在面向日本人读者发表时那般未来却已成为过去，发生了D→C的向后反转。这种时间的扭曲或许促成了前述反转。“蓝色”的消灭产生了丧失感和孤独感，因“处在理当述说的过去的时间”，主人公“得以客观地看待过去的自己”（山下航正），若非如此，读解就将“在那种‘我’所消灭的世界体验中生存于‘当下’同时回想消灭的时点”（镰田均），“正因倒计时式地表示时刻，表示前进的现在进行式才构成作品的一大特征”，但是关乎作品的时间轴，却有许多散见的、明显的误读。细节上，也在“故事‘世

1　科幻小说。

界’中生存的‘约翰·列侬’”（大高知儿）等方面，表现出不可思议的理解。可以说，这也是源自扭曲带来的时间感觉的错位。

对于我们读者，作为过去的故事读解的作品世界（C）与现实即“自己体验过的世界C'”必然不同。因此作品给读者留下了强烈的虚构性印象，那并非现实中实际发生的（此时“蓝色”突然消失）事件，读者却毫无异样感、抵抗感地接受下来。作品具有这样一种虚构的真实性。

但所谓不可能发生的事情，即在A的时间点描绘的不远的未来（C），在（D）现在配比上变得略显陈腐，作品中无疑也会出现类似情况。例如与女友联络不用手机而用固定电话，但在手机等已普及的C'时间点上委实不自然，“总理大臣会一个一个地应答国民的疑问、怨情且要利用计算机系统”，若不使用手机非要使用公用电话也是不自然。“或者找个美国或法国的旗子都行。那样的话，就能知道蓝色是否还残留在世界。但是东京要去哪里才能看到美国和法国的旗帜呢？”如果想看星条旗的话，即使不像现在这样使用智能手机，在C'时间点也能在网络上简单地搜寻。此外“所有的一切都是蓝色构成”，在不远的未来也能看到蓝线，而“身穿白色制服的站员却在卖白色的车票”，这种车票会是主流吗？作品的描绘方法即IC卡普及的D时点在预付卡普及的C'时间点看来，当然也会变成不合时宜的旧的东西。种种事例证明，A当时的作者的想象力未能达到现实的C'，但却不能因此说作者的想象力不足。因为现实的A→C'的时间流动异常快速，若作品中残留了C的陈腐部分和D视角产生的不协调感部分，那么作品所关注的问题显然就是读者所实际感受的、跨越千禧年时代的物事变换，历史在进步。或者，本应是未来象征的C已然成为过去，读者感受到的是在这个前提下围绕世态成立的扭曲以及变化（时代进步）的速度。

那么“年号到了2000年，到底有什么变化呢？我想。那不就是一个日期的差异嘛”。正如主人公“我”所言，事件发生的每一天其实都蛮好，但作品将舞台设定在千禧年最后的一天，也正是为了让“时间的流逝”成为焦点化的必然。而“世界并没有因此而改变”，变化的只是“蓝色”突然从“我”眼前消失——世界发生了重大的“变化”事件。另一方面具有讽刺意义的是，节日的喧嚣中，“日期的差异”有着过大的意义，以“我女友”为首的周围的人却没有觉察全世界（？）蓝色业已消隐、消失这一世界性的重大变化。“蓝色消失”究竟具有什么意义呢？在最初的作品中，“蓝色”是如何消失的呢？

蓝色消失／蓝色变白

在《蓝色消隐》中，实际上是现在进行时的“蓝色”消隐状况描写，开篇衬衫上的蓝色条纹“渐渐变淡，随之完全消失”，仅仅是这样一句描写，“蓝色”消隐变成“白色”的状态。但是关于衬衫的描写，就像“机器电池刚好没电的时候一样，或者管弦乐队的指挥演奏途中突然改变了主意，停止了挥舞指挥棒。旋律中断后，有些乐器依依不舍地发出支离破碎的声音，但很快就失势消声，只留下令人滞郁的沉默”。接着描写了遭遇“蓝色消隐”事件的主人公，因唐突的事态产生了突兀感与困惑，不妨说相关的描写十分到位——那是一种明喻，借助了能指部分的巧妙。在蓝色消失后的描写中，这种样态也得益于村上春树擅长的明喻表现。不妨说，在眼前事物引发其他事物（不在现场）联想的意义上，包含了如下的表现——“联想起纪录片老电影中看到的斯大林格勒的冬季攻防战”。此般“蓝色”消失变为“白色”的样态有种种表现——“棍棒殴打后失去记忆的无边的苍白”“岁月洗涤的陌生人遗骨一般的惨白”，还有“西伯利亚冰原渺无边际原野的雪白”。总之“白”的“无边无际”“渺无边际”的情景，以暧昧、空虚感及“眷恋”式的懊悔或“滞郁”的形式，有效地描写了失去“蓝色”后的丧失感及空无感。

这样描写“我”的丧失感的作品，“通过描写‘我’个人的丧失感，描绘了与他人无法沟通的‘我’的交流能力的缺欠”。正如松本诚司所言，进而言之，那般失落感描画的是无人共有的孤立感。作为丧失感与孤独感的有效描绘，能列举出作品的阶段性的巧妙展开。“我”对突然发生的“蓝色”消灭这种乱象事态感到困惑，想要理性应对（移动至明亮房间调整气息重新确认→衣柜中→抽屉里→夏威夷照片→给朋友电话→给原女友电话→蓝线车站→街上→给“总理大臣”电话）渐渐扩大事态真伪确认、原因究明的范围。不过那个努力却未能实现，丧失感、孤独感愈趋深化，虽是短篇，故事的进展却巧妙演进，促引读者的同样感动。而且作为丧失感和孤独感的有效描写之一，添加了统辞法[1]中的那般脱离。在国语教育的实践报告中，“参考学生的初发绞出参考性的疑点”，如“‘蓝色消失’‘蓝色已不复存在’‘蓝色已不会回来’等关于蓝色的表现，感觉上与我们日常的表达方式不同”（镰田均）。列举了如上理由，但让学生做出回答是十分困难的，至少这样的着眼点，学生能做的就是做出评价并留下自己的观点，只要让他们思考那般不协调感觉产生的理由就足够了。例如问到原女友：“你身边还有蓝色吗？”原女友反问：“蓝色，什么蓝色？”她为“蓝色消失”这一统辞法上不熟悉的表现而惊异。用统辞法，“蓝色消失”是《“命名青色的小马”从牧场逃走》或《蓝色信号灯坏了无法过马路》，原本只能如此表达的隐喻式的表现。由此般读解可知，那样用语言表达也让人感到

1　在语言学中，单词等具有意义的词语单位组合成文，构成语法规则的总体称作统语法或统辞法。逻辑学中，某种语言的文以符号标记，人们无视意义和指示对象，关注的只是符号的配列关系，廓清特定语言结构的领域也有统辞法之说。

怪异，恰如“我”存在于奇妙而紊乱的现实中，通过语言向他者传达是困难的事情。“蓝色，什么蓝色？”对于她的反问，“我”的回答是：“颜色啊，蓝颜色啊。”“蓝色（果真）消失”倒还好，仍在统辞法的范围之内，但是作为“颜色的蓝色消失了”，对于统辞法当然也是现实中不可能存在的表现，听到那个言词，她只能产生“无聊的感觉”。当然“我”不想和她吵架分手，但靠语言沟通会被孤立。而且，这种状况在随后与车站工作人员进行的对话中也反复出现，不妨说不明就里诱发了他的那般反应。

那么在这种描写“我”的丧失感、孤独感的作品中，只要准确把握“蓝色消隐”的含义就可以了。比如“蓝色”本身就是“法国国旗的‘蓝’象征的‘自由’”（佐藤洋一、冈田智）。这类随意的解读几乎毫无意义。回想起来，村上春树的作品有许多物象忽然消隐。在《1973年的弹子球》中，弹子游戏机消失了；在《寻羊冒险记》中，老鼠消失，奇奇消失，海岸线也消失了；在《世界尽头与冷酷仙境》中声音消失；在《发条鸟编年史》中，猫和妻子消失；在《1Q84》中高速公路的下降台阶消失。既有“大象的消失”（《再袭面包店》），也有名字的消失如“品川猿”（《东京奇谭集》）。并且故事的展开正是主人公寻找或寻觅。原来如此。seek＆find是春树文学的基本，许多作品都在贯彻着消亡后的缺失感、丧失感、空无感。

在前述形形色色的作品中，也许可赋予消失某种意义。这里从“我”面前消失的即便不是“蓝色”而是黄色抑或红色，作品同样也成立。同样，以国语教材所选的作品为例。在志贺直哉的《清兵卫与葫芦》中，清兵卫的“葫芦”成为“孩子过度热衷的对象”；川上弘美《不离不弃》中的“人鱼”则有“执着对象”的含义。意义在不同读者的心中是可以置换的，作品因此具有了普遍性意义。这样，“蓝色消隐”就不仅关涉“蓝色”，而变成一种意义的寻求——“蓝色消灭”意味着对自己来说某种重要的东西已不复存在。然而“蓝色消隐”在村上春树其他作品的一般性主题中完全没有回收，那么消灭、消隐就表现为一种“时流”中的“变化”。实际上，那是不可能发生的事情，因而很难想象，某种颜色的消失究竟意味着什么？作品开篇最初的消失对象是衬衫，蓝色、橙色条纹相间的衬衫，真的褪去了蓝色吗？那么衬衫整体就变成了橙色，所谓的蓝变白。“蓝色消隐”等同于“变成白色”，正因如此，作品中不断出现明喻，强调蓝色消失和白色变化。说到“蓝”“白”二色的对比，总理大臣的声音是“蓝色的确是美丽的颜色”；若山牧水则说“我喜欢短歌”，他的短歌有如下表现——“天鹅不悲哀/天空的蓝色/荡漾在蓝色无染的大海”，他似乎赞同总理大臣的观点，他在自己的短歌中写道，“此时的蓝色、白色是相互逆转的”，但天空的蓝色与海水的蓝色洁净无染（即不会消失在蓝色中），白色是悲哀的象征，可喜的是白色融入、消隐、变化于蓝色之中。融入其中、消逝、变化是件好事，在持续不断的“历史”和“经济”的“时间潮流”中体现了一种“变化”。不妨说这种“变化”正是一种值得颂扬的、迎合时势潮流的前奏。

这种计算机系统般的总理大臣言说是个引子，作品中的登场人物配置建立在充分的计算基础上。“总理大臣的声音”恰似如下文句“——应答了国民的疑问和怨艾”，总理大臣的声音宛若猫的声音体察民情，“……我一概不知。这等事，请问更有权势的人物。……我仅为大家服务而已”。这种蓝色线路（真正的蓝领）即站务员有“上下达意”（石川则夫）之谓，亦即消极（被动）地接受变化。相对于这样的站务员，积极（主动）地接受变化构成了完美的两极。与此相对，以“我女友”为中心，周围的人们大都认为在千禧年的节点会有事情发生、那是值得纪念的日子，必须庆祝。大家在周围气氛的裹挟下随声附和，这就是所谓的“众口一词”。他们似乎在积极地接受变化，但实际上没有什么真正的变化，瞎起哄。如上所述，这些人根本没有意识到世界发生了真正的变化（蓝色消灭）。

变化的世间／不变的梦幻

“我”面对世界的巨大变化（无有变化即自命不凡），置身于前述类型人物的配置中，逐个面对且在作品的展开中加深孤独和疏远感。“我”与那些人物决定性的不同，是持有近乎偏执的嗜好。“众口一词”随大流的站务员，不会过度在意自己喜欢还是厌弃。站务员“面对‘我’时似乎表示了厌恶感”，却与好恶无关，而是被周围的人们裹挟——以“我女友”为首的周围的人们。似乎只有总理大臣的声音表明了好恶——“喜欢这首歌”，然而太有城府、言辞难辨其真意。所谓“不论好恶，历史都要前进”。显然，还有更新的、更古老的基准包含着前述意义。但是唯有“我”在蓝色消失的时候，即使变得十分方便（无论别人怎么想），却唯有单纯喜欢的理由，成为那个怜惜、爱惜已逝“蓝色”的人，因此才有如下的作品末尾——“‘我’才小声地说：但是没有了蓝色。那是我喜欢的颜色啊。”

在这里，我们可以联想起中岛美雪的名曲《世情》（《说你爱我》）。

因为世界总在改变
只有顽固的人 感知悲伤
不会改变的东西 怎么比喻
每一次崩溃 都怪那个家伙

口号声的波浪，穿过

潮流 追求不变的梦想

停止时间的流逝 梦想不变

怀着梦想的人们 投入战斗

这是电视剧《金八老师》中的插曲——有名而令人感动的名曲。这最后的“**怀着梦想的人们投入战斗**”，日语表达却暧昧。跟“怀揣梦想者”战斗？还是跟“怀揣梦想者”并肩战斗？日语助词“と”字带来了混淆，难于区分。但还是后者更加耐人寻味，或许更能重合于《蓝色消隐》中“我”的姿影。

如前所述，村上春树曾在作品中描述过许多事物带来的丧失感、欠缺感，然而本作品的“总理大臣说”的是“有形之物必定消失，冈田先生”。他似乎在向读者强调同样的主张。但村上春树或村上春树的主人公与“总理大臣”的不同之处，在于若用“世情”概括即“世间总要变化”，便是“总理大臣”的所谓“历史”，继而是“无关乎好恶，历史总要前进”。与之相反，“我”绝不会获得那样的认可。某物的消失乃是“时流”中的“变化”，确实可谓之为“历史”的脚步。村上春树描写高度资本主义问题的作品有《舞！舞！舞！》，之前则有《寻羊冒险记》，后者的结尾是海岸线的消失。此般表现，无疑是经济成长的结果。但与此相对，《蓝色消隐》的“我”也好，其他主人公也好，除始终持有一个“不变的梦想”之外，绝不会产生如下念想——“一个东西消失了，再造一个新的不就行了”，或者断然地区分“这个经济，那个不经济”。当然，村上春树的作品主人公不会大声抗议。有人说，“‘我’反复鼓吹的是高度资本主义的逻辑支配一切，伴之以批评却绝非批判”。（野矢文昭）这样的“我”并未迎合所谓的“世情”，也没有采取鲜明的“反历史”的立场——亦即试图“阻止时间的流逝”，面对总理大臣鼓吹的“历史”潮流大声地斥责其“复古”或“反动”。村上春树的文学魅力就在于拒斥简单易懂的二项对立图式化，毋宁说，否定或相对化那种古老的、新的“历史”，归根结底只是“个人化”嗜好或身份的坚守。而“我”并非单纯怀旧似的爱着过去，“我”要发声——“但是蓝色已消隐”“但那是我喜欢的颜色”。即使是“小小的声音”（或者正因为如此），其中包含的哀惜之情（“顽固者”怀有的“悲伤之情”）才益发强烈，“我”的深深叹息才在读者间拥有了诉求力。比起高声的呼吁，或许这种确切的连带性的呼吁，构成了村上春树获得众多读者的理由。

《阅读约翰·厄普代克的最佳场所》[1]

——代后记

梗概

春天来了，就想起约翰·厄普代克。读了约翰·厄普代克就想起1968年的春天。

我上大学来东京，是在1968年的春天。因为不想随身携带太大的行李，所以提前托运了必需的物品，只在风衣兜里塞了一本约翰·厄普代克的《音乐学校》就离开了家。我在傍晚前来到了新住所，可本应送到的行李却还没到。

我当时无事可做，而且也没心思做什么事，就在硬床垫上一边吸烟一边继续读厄普代克。这种感觉相当不错。

如果有人问我哪里最适合读书，我只能回答“在1968年4月那间空荡荡的房间的硬床垫上”。书中每行字都深深沁入心

1　所收：《象工厂的HAPPY END》（CBS索尼出版，1984.7.5）、《象工厂的HAPPY END》（新潮文库，1986.12.20）。

中的那个场所——这里对于我来说就是“书房”。

这是因为我觉得，要读约翰·厄普代克就肯定会有适合读约翰·厄普代克的最佳场所。而要读契弗就肯定会有适合读契弗的最佳场所。

这部作品照例是长长的标题，真正堪称村上春树的超短篇。我就以这部作品作为本书的最后一章吧！

那么，说到标题中的约翰·厄普代克，这是通常所使用的文字表示法。他是美国的作家、诗人，例如在“维基”中有介绍：“以‘兔子’即哈利·安格斯特罗姆为主人公的四部曲小说《兔子，跑吧》《兔子，归来》《兔子，富了》《兔子，歇了》代表了都市的知性风格而极富魅力，受到美国内外读者的欢迎。”约翰·厄普代克确实是村上春树喜欢的作家，其代表作除了“兔子四部曲”之外，还有获得全美图书奖的《马人》、获得福克纳奖的初期短篇集《早期故事》（*The Early Stories*），再就是《夫妇们》《高尔夫梦》和《格特鲁特与克劳狄乌斯》。但本作品中读到的并非那种长篇代表作，而是短篇集中的一篇。

该作品在最后引用了当时读过的厄普代克作品一节，在其末尾表明准确的出典名称为约翰·厄普代克《同宿舍的基督教徒们》（短篇集《音乐学校》须山静夫译）。作品中写道：

“不知是矮脚鸡图书公司还是戴尔出版公司发行的简装版，复古而清爽的封面特别好。”我读的是原版，不知该说是徒有其表还是虚张声势，总之感觉就那么回事。原作*The Music School* 1966年出版发行，在日本有须山静夫翻译的《音乐学校》，1970年新潮社出版。我就是由该书引用。其后还有岩元岩翻译的《厄普代克自选短篇集》（新潮文库），也以《基督徒舍友们》为标题收入。

作品末尾的引用是“在出发去哈佛前两天晚上，他夺去了她的处女身”。这是作品起始靠近开头的一节。在《同宿舍的基督徒们》中，主人公沃森·吉格勒就这样进城上了哈佛大学住进学生宿舍。他在非同寻常的舍友亨利·帕拉蒙汀的烦扰中度过大学生活。这部作品生动描写了沃森眼中的亨利·帕拉蒙汀和其他同宿舍学生的姿影。标题是“舍友”且译为“同宿舍”，但准确地讲，与沃森同住一室的只有亨利·帕拉蒙汀。虽说沃森自己也有些过于敏感，但那个男生确实言行古怪，因此沃森实在也不堪其扰……

那么，既然作品中如此介绍“同宿舍的基督徒们”，我们就应该想起某个人物。是的——突击队。对村上春树而言，《挪威的森林》中主人公渡边居住的学生宿舍原型是位于东京目白的和敬塾。但是，渡边在那里的舍友（在《萤》中只是作为连外号都没有的“舍友”来讲述）是外号叫“突击队”的古怪男生。与亨利·帕拉蒙汀相比，有志于进入国土地理院就业的地图控“突击队”（以赋予《挪威的森林》蓝本的《萤》这一短篇标题的形式），把“装在即饮咖啡瓶里的萤火虫”送给了“我”即渡边，堪称可爱。不过，从产生强烈冲击力这一点来讲，绝不逊于亨利·帕拉蒙汀。虽然村上春树并未在某处公开说明过，但两者之间存在着同宿舍和基本同质性。其影响至少令我们读者怀疑就是那个亨利·帕拉蒙汀促成了“突击队”的存在，真是意味深长。（顺带说一下，电影《挪威的森林》删去了“突击队”这个名字，还删去了“萤”的情节。这一点也使之成为令人遗憾的作品。）

依照意外地在作品细节中铺垫作者本人实情的春树风格，不定现实中和敬塾的舍友中真有“突击队”那种不堪其扰的怪人原型。让他在《萤》和《挪威的森林》中登场。且读过《同宿舍的基督教徒们》的村上春树，也会感觉到他与其中亨利·帕拉蒙汀的形象相似，于是写下《阅读约翰·厄普代克的最佳场所》——这种完全逆向的成立过程应能推断出来。总之就像“春天来了就想起约翰·厄普代克。一读约翰·厄普代克就想起1968年的春天”那样，这里的事物成立过程应该是有可逆性的。

而且，之所以能够如此推断，或者说如此推断之所以更为有趣，是因为在这部作品中的相互联系不仅是《同宿舍的基督教徒们》中的亨利·帕拉蒙汀和《挪威的森林》中的“突击队”，不仅是那样的登场人物。阅读《同宿舍的基督教徒们》

时的场景本身，就是进京上大学在新住所等候行李时的场所，这与所读作品《同宿舍的基督教徒们》相同（进大城市、住学生宿舍）。因此两者之间是有联系的。作品题名拟为“阅读约翰·厄普代克的最佳场所”，并准备“在1968年4月那个空荡荡房间的硬床垫上”解答。而那里之所以成为“最佳场所”，是因为能与正在阅读的自己有所联系吧？

作品开头，作者先写道：“春天一来就想起约翰·厄普代克。一读厄普代克就想起1968年的春天。”然后写道：“在我们的头脑中存在着几种那样的连锁。虽然都是微不足道的事情，但我觉得我们的人生和世界观可能都是由那种‘微不足道的事情’来支撑。”可以说，让那里成为“最佳场所”，让那时成为“最佳”时刻的就是这些“微不足道”的“连锁”，即联系。

也就是说，所谓“阅读的最佳场所”和“最佳”时间，指的是能够找到带入自己感情的连接点——场所和时间。但这当然不是说，如果读者完全不能在作品中找到与自己相同的某一点，就不能与该作品同步。正因为本作是超短篇，所以不过是简化同步的原因而将读者与作品的情境进行叠加。其实就像在《1963/1982年的依帕内玛女孩》中看到的那样，这种“连锁”即连接点难以明察的情况也许更多，即使不能明察，正因存在着这种连接点才会通过它“深深沁入心中”。或者正是因为这样，才应该说“书中每行字都深深沁入心中的那个场所——那里对于我来说就是‘书房’”。这里的情节也具有可逆性，我们阅读某作品在能够做到充分同步时，就会记住那个叫作同步的“连锁”状态，并把那里作为“最佳场所”和“最佳时间”来“回忆”。

该作在引用《同宿舍的基督教徒们》之前，曾以如下言语结尾——“因为我觉得，要读约翰·厄普代克就肯定会有适合读约翰·厄普代克的最佳场所。而要读契弗就肯定会有适合读契弗的最佳场所”。我们也必须接着这句话继续——要读村上春树就肯定会有适合读村上春树的最佳场所。那么，若问到“适合阅读村上春树的最佳场所”究竟是哪里，其实正是各位读者受到作品感染边喝啤酒边读《且听风吟》的酒吧，或是归途着迷阅读排队买来的《1Q84》的山手线车厢。这些能够与作品同步的、读来“每行字都深深沁入心中”的场所，都相当于最佳场所。那么，是不是作品的“每行字都深深沁入心中”呢？读者能否与作品达到同步呢？我衷心希望本书能够成为达到作品意趣“深深沁入心中”的同步的最佳指南。就此搁笔。

自卖自夸

——寻觅丢失的野鼠

完成一部书比预想的更加耗费时间。即使是在正文完成到今天这段时间内，村上春树的作品仍在连续不断地出版发行。真是创作力惊人啊！其实我还想过在本书中加入他在访谈集中对自己作品的解说等内容，但全部进行整理毕竟过于勉强。另外我想，还是暂先不论基本上讲作者村上春树心怀何种意图创作，我的写作姿态是只要我们自己认为这样读来有趣就好，所以决定放弃。

《村上春树杂文集》（2011）中收入两篇《夜半蜘蛛猴》漏掉的作品，当然要在目录中列举出来。而与这两篇一起，同时还收入了《草丛里的野鼠》，这篇作品一定要介绍。无论怎样，据说这是韩文版和中文版《夜半蜘蛛猴》的序文，其中直接表述了村上春树的超短篇理念。

他在文章的开头提道："说实在话，我从很早开始就特别喜欢写这种篇幅的短小说。当然对我来说，创作很长很长的长篇小说是最重要的工作。不过，在写长篇的间歇中写作这种简短而别具风味的小说，心里会感到非常轻松。这与其说是工作，不如说或许更接近于个人爱好。”这段话直言不讳地表明了作者对于超短篇的喜爱。看样子，他在没有日本人围绕的环境中会变得直率而坦诚。

他用以下这段话告诉我们，他可以继续轻松地创作超短篇：

“因此，在写作这种文章时，根本没有一丝一毫的辛苦。如果写作很辛苦的话，那就算不上爱好了吧？坐在书桌前，先做深呼吸，然后随着思绪流畅自如地一挥而就——正是这种感觉。我倒不是自我夸耀，像这种故事我可以连续不断地想出来，要多少有多少。”

而且，对于一直在本书中探讨超短篇这个主题的我们来说，从这往后的部分才更加重要。关于超短篇各部作品所具有的“意义”，村上春树这样陈述：

“如果你郑重其事地问我‘这好理解，可那些故事到底有什么意义'，我会感到为难，非常为难。因为说实话，那里并没有什么值得谈论的意义。”

这就像是在说那些都毫无意义，似乎在嘲笑拼力寻找超短篇意义的我们。但村上春树接着又讲道：“不，如果说‘没有意义'，或许会招致误解吧？我觉得准确地讲并不是‘没有意义'，而是‘虽然有意义，但我对那个意义不太了解'。”这就是先前所讲的，即使探讨作品时将作者的各种言论放在手边，也不过为着证明不想囫囵吞枣的我们姿态正确。作者并不了解作品主题的全部，我们拥有读取不同于作者构想的主题之自由。

村上春树还运用他所擅长的比喻，对那种作者不十分了解的作品“意义”进行了巧妙的阐释：

“意义大概应在某处，就像野鼠屏住呼吸藏在深深草丛中。我就‘啪'地，或者可以说无中生有地想到了那个故事。若真如此，那里应该存在着我能想到那个故事的‘必然性'

吧？可能就是像野鼠那么大的、少许的必然性。”

在这里，作品所具有的隐秘“意义”被喻为“野鼠”，也被解释为促使作者写出作品的“必然性”。“但是，那少许的野鼠当时在草丛中究竟在想些什么，我并不十分了解。我所了解的就是自己流畅自如地写出了这些故事——而且写得轻松愉快。”作者如此说明，就是指在不知其“必然性”中生成作品的幸福状态。这本身就是无与伦比的好事，也是令人羡慕的好事。

村上春树接着又说：“因此，如能做到请别考虑太复杂，愉快地阅读这些故事吧！我们喜欢怎样欣赏就怎样欣赏，而野鼠喜欢怎样生活就怎样生活。这样不是很好吗？”但我们不能却以此为由按照村上春树说的去做。虽然欣赏“简短而别具风味的”故事亦可充分满足——这毫无疑问是村上春树超短篇的魅力，但正像我多次写到的那样，我们不仅应该探求作品与作者的联系，还应该探求作品与读者的联系。

本书就是从这样的愿望出发，除欣赏村上春树超短篇故事的乐趣之外，还要享受探寻隐藏野鼠的乐趣，还要通过品味找到野鼠来享受乐趣。

我衷心祝愿各位读者都能技巧高明地找到这16只野鼠，并希望它们的可爱之处得到大家喜爱。

后记

首先，我要向决定出版本书并提出宝贵建议的“学研出版社”的增田秀光先生表示感谢。虽然这并非自己最初希望的新书，反倒因此成全了一本不会被周围埋没的、不同凡响的新书。

本书各章包括对长篇原文所做改述基本上都是笔者的原创，只有例外的两章就是《生日女孩》和《袭击面包店》。这是发表在笔者进行创作指导的大学研讨杂志《小勺与肉之恋人》上的文章。当时，拟定刊登杰作文章的杂志名称并引领研讨班的角田敏康少年为首，很多人都为完成本书提供了协助。我要特别向帮我做前期调查的曾是各大学研讨班成员的春日川谕子少女、角田敏康少年、恒川茂树少年、大阪怜史少年表示谢意。与其说他们是我的门生，不若说已经作为年轻的同伴在支持我工作。附录中的超短篇目录梗概，都是由他们完成。《梦里相会吧》由角田与恒川二位少年、《袋鼠佳日》由大阪少年、《象工厂的HAPPY END》由角田少年、《夜半蜘蛛猴》

及其他作品由恒川少年担任完成。

我完成本书就像借用别人的相扑腰带参赛，因此也要向借给我相扑腰带的村上春树先生奉献谢忱。在国文学研究的世界里，好像有扒掉作家的相扑腰带赤裸裸晒在光天化日之下的常例。不过，本书的目的完全是名实相副的借用别人的相扑腰带重新比赛。而且，我所借用的并非华丽的正装相扑腰带（大长篇作品），而是白色的用于训练的相扑腰带（超短篇小说）。

我为展现精湛的技艺付出了努力，各位感觉如何呢?

另外，本书的副标题是模仿系列作品《对了，问问村上先生吧——众人砸向村上春树的282个大疑问他能解答清楚吗》。关于这一点，前文已有述及。这里再次向同意我修改标题的朝日新闻社表示感谢。

毋庸赘言，除此之外还有很多介绍村上春树的先行研究书籍，笔者也从中得到过助益。特别得益于鼎书房出版的《村上春树作品研究事典增补版》，本书附录中的作品目录就有赖于这本事典中的资料。虽然另有AERA MOOK出版的《读懂村上春树》和洋泉社MOOK出版的《村上春树全小说指南》等，那些不限于长篇或短篇代表作而是纵观村上春树全部成就的指南书，但介绍包括超短篇的全部作品内容的书迄今为止仅此一种。

而且，笔者还要感谢购买此书并阅读至此的各位读者。大家都喜欢那16只“野鼠”对吗？笔者希望读者不会说——“这些野鼠有什么可爱？看这种相扑还不如只看看相扑腰带。”希望本书能够帮助读者理解村上春树文学。如果说笔者还有什么奢望的话，那就是希望本书能像野鼠增殖般热销，还希望我与上述同伴们正在策划的第二弹顺利出版。如果能够实现筹款开设村上春树主题书咖的夙愿，我当然会更加高兴。

最后还要衷心感谢此中文版的译者——浙江越秀外国语学院外国语言文化研究院教授、中国社会科学院外国文学研究所研究员魏大海先生和西安外国语大学教授侯为先生。

村上春树超短篇目录

《梦里相会吧》（冬树社、讲谈社文库）收录

《艾森豪威尔》：1958年9月26日傍晚，索尼·罗林斯在布鲁克林大桥吹萨克斯。路过此处的少年问他在干什么，他回答说："跟原始怪兽战斗嘛。"此时，艾森豪威尔总统正率领军队在新墨西哥州正中央与真正的原始怪兽进行战斗。与此同时，9岁的我正面对母亲的背影大声问："哎，炸面圈还没做好？"

《芦笋》：我和弟弟、妹妹三人在芦笋地中央迷路了。我们爬上巨大的芦笋树环视周围寻找市区，可什么都看不见。我向弟弟、妹妹发出指令，叫他们在自己周围挖出一米深的壕沟。他们用毛巾捂嘴以防止身体麻痹并挖好了壕沟。但是，在忙着挖壕时已入夜。我对弟弟、妹妹说绝对不能睡，一旦睡了就会有触手伸过来。

《反命题》：菜单上有道菜品叫"诺曼底风味新鲜反命题加香蒜沙司"。

我问服务生的主管那个反命题是否真的新鲜。他回答“没问题”，并说明新鲜料理确实少了。我觉得价钱有些太贵，但是因为不知以后何时才能见到真正的反命题，所以就连葡萄酒一起订下了。

《采访》：我在森林原宿商城的资生堂会客室等候一位年轻女子迟到的采访。她到达后采访即开始。可是采访中又发现最关键的录音机没开启，而且音量太小。刚才回答了一天当中的日程，还没说完就转到了别的话题。最后问到我早饭吃什么，我回答说有蔬菜、面包卷、咖啡、煎鸡蛋。可报道出来一看，却变成了沙拉、火腿蛋和罐啤，被人错当成玩笑。

《印第安人》：我的朋友赚了很多钱。他经营数家公司进行复杂的金钱交易，不断地提高收益。我跟他见面时，他问到这样的问题：火车被印第安人追赶，能做燃料的物品已烧完，只剩下钞票捆了。这时需要用铁锹铲起钞票捆投入炉膛，你认为此时会是什么心情？他问了我的收入后对数量之少感到惊讶，并这样说——肯定是被印第安人追赶的心情哦！

《电梯》：电梯小姐讲，我乘的电梯不能到 413 层，可我把三双袜子忘在了那一层。正在为难，同乘电梯的女孩对我说，请顺路去我的房间，我给你袜子。我跟她到那里一看，房间的照明和其他一切都完全符合我的理想，便与女孩畅叙。她好像突然想起似的打开了红木衣柜，里面有近200双各种颜色的袜子。因此，我现在有200双袜子。

《油浸沙丁鱼》：审判员做出了明显不妥的判定。我昨天吃了沙丁鱼罐头，沙丁鱼的眼睛比你的眼睛好得多哦！

《洋葱汤》：我们在自然的导引下做爱。过一小时之后又在自然的导引下做爱。第二次感觉很棒，但第一次感觉隔壁房间的养老金生活者狮子像是在刷牙。在第二次做爱后我们抽起烟来。这时隔壁的狮子热夜宵汤的味道钻了过来。然后，温馨的湿气包裹了我和她。

《欲经》：在我的生日那天，我跟她去位于32层的餐厅用餐。她给我一张纸片说是生日礼物，上面写着“购物积分券”。她说，你想什么时候用都可以哦！我回家拉开抽屉，里面放着78位女孩送给我的78张积分券。加上今天那位女孩给我的这张，我把全部积分券放进糖果罐里，并用水管灌上了水。我就是这种性格。

《炸肉排》：在神户一提到炸肉排就肯定是指炸牛排。炸牛排夹在面包里也很好吃。如果不夹面包的话，加些盐水煮面、扁豆角、水芹、胡萝卜也很不错。这道菜如此美味，可不管看哪本神户指南却都是铁板牛排，没有关于炸牛排的记述。这是为什么呢？

《薄荷口香糖》：在很久以前，我曾看到过驾驶深灰色大众牌轿车的女孩。她光着脚开车，在我坐的长凳前停下后，就穿上鞋去店里买薄荷口香糖了。那个女孩特别美丽，简直就像把1967年的整个夏天都收归已有。因此，尽管已经过去14年，但如今我一看到深灰色大众牌轿车就会想起那位女孩。

《格雷普·特罗普斯》：在1806年，父亲格雷普·特罗普斯死去时，还只有10岁的我就成了孤儿。随后我进了孤儿院，又因受到周围人欺侮逃出去，当了马戏团牛倌的助手。但是，那位照顾我的大叔因驯狮员杀死牛受到巨大打击而死去，我就逃走当了骑兵队的吉祥物犬。我听在西班牙战争中遇到的海明威说，要想知道母亲的消息就去问斯坦贝克。于是，我就在诺贝尔奖授奖仪式上问他。听了他的说明，我了解到母亲度过了严酷的生涯。我就为格雷普·特罗普斯写了这些事情。

《K》：某一天，K醒来后变身为门厅脚垫。在区政府工作和从事文艺批评工作的朋友、在出版社工作的女友先后来访，发出感慨之后离去。K委托女友把自己摆在女子宿舍门厅里。于是，K就可以脱离区政府、文艺批评和出版社，幸福的生活着。仔细想想，做一个门厅脚垫也许并不那么倒霉。

《咖啡》：在那家咖啡店的正面朝天立着一块巨大的白色招牌，上面只写了“咖啡”两个黑字。我们出远门归来，驾驶席上的朋友连续不断地打呵欠，他的女朋友在副驾驶席上沉沉睡去。我们对那块招牌进行了咖啡式的平和的交谈。在空中也对那块招牌谈论了一阵。如果是在白雪皑皑的日子里，想必是一幅很棒的画面。

《咖啡杯》：人生中最不好受的也许就是送女孩上出租车回家后的那一小时。床上还留着她的体温，桌上还摆着没喝完的咖啡。这一个小时简直就像待在水族馆放掉水的池底。不过肚子有些饿了，我就把剩下的东西划拉起来弄作夜宵吃。这样一来倦怠感完全消失，真是不可思议。

《秃鹰》：算命先生说，7 月 26 日这天我一步都不能出门。据说是因为“不可想象的事情”会降临我身上。相反，若在想象的范畴之中，厄运就不会发生。我开始对不可想象的灾祸进行各种想象。例如有电话邀请我参加酒宴就会酒精中毒、被女孩诱惑就会不幸怀孕或者患上性病。晚上算命先生来电话，我问他会有什么灾祸降临。算命先生说：“没准儿秃鹰飞来把你抓走。”原来如此，秃鹰啊！此刻就听时钟敲响了 12 下。

《突然死亡法》：我开始戴眼镜了。于是，周围的物体全都看得清清楚楚，连以前看不清的东西也能看清了。例如大猿。我平均每月看到大猿 1.75 次，而且，必定限于地铁银座线。我看到过 7 次大猿，记得最清楚的就是刚出京桥站就看到的大猿。那大猿手中握着巨大的扳钳，似乎正在等谁的架势。当时我有重要的事情要办，所以没有看到事情发展的结局。那大猿是否善始善终地将谁扑杀了呢？

《淡季》：我和她两人淡季投宿度假酒店。那是路上积雪开始融化的最讨厌的季节。除了我俩再无其他宿客，餐厅的半边关掉了照明，服务生无所事事。我想向同伴搭话，可她在想心事，什么都没听见，我就放弃聊天拿起面包卷塞进嘴里。再没有比淡季的度假酒店更棒的地方了。待在这里就像是把翌年的淡季都赊账租下。

《剃须膏》：剃须膏似乎有种苏格兰王子般的情趣。我想，他摆出剃须膏的架势肯定跟继承王位有关。平时我跟他分享一位女孩，每周一、三、五他俩上床，二、四、六相反。周日她要回横滨的娘家，当晚我就跟剃须膏玩五十一分扑克牌。到了天亮时分，我就剃须，睡觉。

《糸井重里》：我只跟糸井见过几次。但我翻杂志常常看到糸井的照片，所以感到自己常与糸井照面。我本来就是糸井散文的粉丝，约莫十年前杂志连载时起，就一直在赏读。糸井的文章读完就不留丝毫余韵，与小说家的文章大相径庭。这是日常空间与节日空间截然分开的文章。我认为，从这个意义上讲，糸井可谓天才的节日转换人。

《奇幻森林》：蜘蛛猴说：“爱能吃饱肚子吗？”

《抢分战术》：《养乐多燕子队诗集》中写道："大杉选手赛后说：'在第三垒和本垒之间有一条北回归线似的东西，就是它绊住了我的脚。'"

《星球大战》：《养乐多燕子队诗集》中写道："在遥远的过去，养乐多燕子队在银河尽头获得过优胜……"

《老套》：年轻女子在讲极为有才却极为古怪的人的故事。艺术大学休学，几乎身无分文地搭乘货船，在亚历山大港的夜总会弹吉他唱歌，在海里游泳 10 公里，不久辗转到了印度，在那里完成了变革。然后回到日本隐居深山。另一个人听到这事猜道，要是去了那人家里，他会端上刚刚摘下的西红柿，喝了酒一高兴还会唱起春天的歌。如此这般。

《顺子》：在玩牌例如打扑克牌，海龟凑成了双对子就突然把牌扣在桌上跳下椅子，把龟壳抵在地板上滴溜溜地转两圈。然后，他"哈——"地做个深呼吸再回来。他本人并不知道自己做了什么。海龟这次把尾形膨胀起来，从桌上的记录本中撕下一张，然后用剪刀铰成弯月状，这才看明白他完成了顺子。

《爽身粉》：我跟爽身粉的关系算不上很好，但两者之间存在着由共同体验培养的可谓第二天性的东西。我对发刷、科隆香水、运动洗发露、牙粉、浴巾这类根本不会产生这种感觉。原因不清楚，总之仅仅是对爽身粉。

《查理·曼纽尔》：《养乐多燕子队诗集》中写道："查理·曼纽尔就像探取落在地雷阵中央的手榴弹那样取得了轻量级。"

《帐篷》：背着帐篷旅行，感觉就像变成了蜗牛。一位年轻男子来检查帐篷。他受全国帐篷委员会派遣而来，提了三个问题，要了啤酒就走。

《面包圈之二》：她具有了面包圈特征之后已过去快两年岁月。正像多数面包圈人一样，她也确信自己的核心·中心是虚无。前几天我认识了扭曲的、具有面包圈特征的年轻女子，她在床上说："人类的本质就在于无方向。所以我们才绝对不坐飞机嘛！"

《高跟鞋》：我在地铁碰到了穿高跟鞋的大象。正是高峰时段，乘客们都对大象的存在感到困扰。不过，倒也没什么可恨之处，所以我对着大象微微一笑。离御茶水站还远。在聊了高跟鞋哪里买的之类的话题后，大象就在御茶水站下了车。我在大象的世界里相当有人气。

《面包》：总之，我们一直饿着肚子，已经整整两天只喝凉水。于是带着菜刀去了面包店。下午较晚时间，店内顾客只有一位太没眼色的大妈。她看着蜜瓜面包和油炸面包犹豫不决，最后买了两个月芽面包走了。我终于有机会对店主说——自己身无分文肚子很饿，店主说："面包管饱，条件是我要对你们念咒。"同伙说他不愿意，店主就提出了如果喜欢瓦格纳就让我们吃面包的交换条件。我们爽快地答应了。于是，我们听着瓦格纳吃饱了肚子。我们心中的虚无感消失殆尽。

《啤酒》：《养乐多燕子队诗集》中写道："那个不幸的卖啤酒少年说，'松冈被轰本垒打不怪我。'"

《菲利普·马洛》：清晨，提着四五口径自动手枪的你的朋友来敲门。开门后他说："放我逃到墨西哥。"虽然没可能发生这种事情，但是如果发生，恐怕必须像菲利普·马洛那样从泡咖啡开始吧？我也曾有过这种经历，敲门的是个女孩。她如今还会在清晨5点钟敲谁家的门吗？

《蓝色山羊皮鞋》：因为卡尔·帕金斯的歌《蓝色山羊皮鞋》，我长时间地对蓝色山羊皮鞋心怀向往。我想，自己到16岁时可能会有15个女朋友。我每天跟她们约会，并叫她们别碰我的蓝色山羊皮鞋。但是实际上任何事情都没发生。在9月约会过的女孩说我跟那双鞋不搭配，我就把鞋收进了鞋箱。就这样，我渐渐地找到了幸福。

《蓝莓冰激凌》：半夜两点钟，她宣告"想吃蓝莓冰激凌"，我就出去买。乘出租车 15 分钟左右，停在了陌生街道的陌生大楼前。我在那座大楼里费了好大周折终于买到，可回到家里已是凌晨 5 点钟。她已经沉沉睡去。

《花花公子派对笑话》：爱丽丝旅行归来，看到丈夫乔治在床上跟年轻的雌性食蚁兽亲热拥抱。露易丝旅行归来，看到斑马跟食蚁兽在床上亲热拥抱。斑马和食蚁兽新婚蜜月旅行归来，看到邻居理查德一个人在床上自慰。迈克尔散步时看到街坊家的女儿正在公园水池里裸泳。某日，食蚁兽来到苏格兰场（伦敦警察厅）自首。艾迪去佛罗里达出差回来，看到罗纳德·里根跟纺织娘亲热拥抱。罗纳德·里根参加渥太华峰会回国，看到食蚁兽坐在总统座椅上。

《火柴》：在平安夜的小酒吧，女孩连续地折断火柴棒——咔吧、咔吧。秃顶的酒保显然对那响声心有所动。我和我的朋友停止交谈，仔细听那折断火柴棒的响声。我的朋友作为耐心极强的猎艳高手在新宿小有名气。他提建议说，停止折火柴棒去折海驴的脖子，然后跟那女孩为寻找海驴群消失在深夜的新宿。女孩桌上的烟灰碟里，对半折断的火柴棒就像西班牙宗教法院里的木柴堆。酒保叹口气说：“海驴啊。”

《脚垫》：在第 31 届全国玄关脚垫大赛中无获奖作品。评语由 M.I 氏、N.S 氏、M.T 氏、K.H 氏四人分别做出。

《莫扎特》：我带着罐啤去露天音乐厅又碰到了大象，跟那个在地铁里穿着高跟鞋、读畅销小说的大象相同。我请大象喝啤酒，大象婉拒说在拥挤的车厢里去厕所还得叫乘客让路。我回到自己的座位独自喝啤酒，听了莫扎特的 G 小调交响曲。

《云雀》：海驴节中重要的部分是过节前的经过——这样说也不过分吧？海驴节准备完成后，要举行“海驴决议”的仪式。此项目称作“云雀”，只是因为我一边吸着义兄从香港带回来的“云雀”香烟一边写这部书稿而已。他从香港回日本时经过台湾，乘坐了坠落的那架飞机之前的航班。如果当时，那两个航班变换一下顺序，我现在抽的烟就是“高光”牌了吧？

《情书》：我把信装进方形信封里，并用糨糊牢牢封死。然后，我拿起桌上的摇铃“丁零、丁零”摇了两下。像往常一样，蜘蛛猴从暖炉探出头来。我让蜘蛛猴拿上信送到与往常相同的地址。然后，我摇了三下铃，指派从暖炉探出头来的长臂猿把葡萄酒送到房间里来。

Wham：我正在写书稿，墨水没有了。找不到新墨水，我拨了往常那个电话号码。接电话的是个好像不太机灵的女孩，一个小时之后过来，从未调过墨水的她一边做准备一边唱着“Wham”（威猛组合）的歌。

《袋鼠佳日》（平凡社、讲谈社文库）收录

《袋鼠佳日》：动物园栅笼里有四只袋鼠。其中有一只是雄性，两只是雌性，还有一只袋鼠宝宝。袋鼠妈妈和袋鼠宝宝成为一体在时光流逝中休息，袋鼠爸爸像在搜寻某种失去的东西。

《在四月某晴朗早晨遇见百分百女孩》

《困》：“我”一边喝汤一边开始打盹。这是在“她”朋友的婚礼宴席上。不管怎样都赶不走困意。“我”有一参加婚礼就犯困的习性。而到了发蛋糕的时候，我的困意就不知消失到哪里去了。

《出租车吸血鬼》：坐在出租车里的“我”被司机问到信不信有“吸血鬼”。我回答说不信，他说他信，而且能证实，因为他自己就是“吸血鬼”。

《她的小镇和她的绵羊》：“我”在酒店看到某小镇的宣传节目，画面中有位镇政府广宣科的女孩正在做宣传介绍。她说这座小镇有一百只绵羊，今后还会继续增加。在酒店里的一个房间里，“我”与她的人生“忽然相互沟通”。但是我想，“其中缺了些什么”。

《海驴节》：下午，“海驴”来到“我”这里。我真不该在新宿的酒

吧把名片给了邻座的“海驴”。“海驴”来找我是希望“我”为“海驴节”提供援助。我无可奈何地给了“海驴”两张1000日元纸币，打发“海驴”走了。

《镜子》

《1963/1982年的依帕内玛女孩》

《喜欢伯特·巴卡拉克吗》：“我”在22岁时曾打工给人修改书信。停止持续了一年的打工时，受到最初写过汉堡牛肉饼的女子招待去吃汉堡。她一边听着伯特·巴卡拉克的唱片一边向“我”讲起自己的情况。

《5月的海岸线》：“我”收到朋友的婚礼请帖，返回了“古老的城市”。那座城市里有“我”12年前的恋人。在那里闻到海的气味，感到似乎存在着从未有过的“不均匀的空气”。我乘出租车去海岸边看过，那里已经没有了曾经的海面。陈旧的防波堤对面是水泥形成的广阔“荒野”。“我”在海边让思绪飞向那曾经的海面。

《没落的王国》：“我”有个名叫Q的朋友。时隔十年“我”在泳池旁看到了他。他跟女人在一起，我没向他打招呼。他们像是为什么事发生了争执，仔细一听，他们是在进行“无果对话”。最后她把纸杯可乐摔向他，也溅到了我身上。“他”向“我”道歉，但没有觉察到是“我”。“我”偶然在当天的晚报上，读到关于某“没落的王国”的报道。

《32 岁的一日游客》：“我”32 岁，她 18 岁。她问“我”想不想再回到 18 岁。如果我回到 18 岁的话，恐怕会跟 32 岁的魅力女性约会吧？而且，也许会再问想不想回到 18 岁。但是，我已经 32 岁，不能回到 18 岁了。当我听到披头士的《一日游客》，就会产生坐在列车座位上的感觉。以前窗外的风景很美，但如今我已厌倦了数电线杆。

《尖角烧的盛衰》

《奶酪蛋糕状的我的贫穷》：“我”和“她”住在前端尖尖的奶酪蛋糕状的地方，被叫作“三角地带”。我们在那里住的是便宜租房，“我”们都很穷。“我”一听到“贫穷”这个词就会想起年轻时那个“三角地带”。

《在意大利面之年里》：1974 年是“意大利面之年”，“我”一年四季每天都煮意大利面。在 12 月的某日下午，我迷迷糊糊地躺在房间里，“我”朋友的前女友打来电话，问我他在哪里。“我”回答不知道，并撒谎正在煮意大利面腾不开手。

《鹭鸝》：“我”走下狭窄的楼梯，穿过长长的过道。这时，“我”

面前出现了“一个男人”。他问“我”口令，我不知道。“我”叫他给我提示，然后回答“鹭鳜”，可他说不对。

《南湾行——杜比兄弟“南湾行”的 BGM》：“我”受住在洛杉矶郊外的中年律师委托，来到南湾城，找“一位年轻的女子”。“我”在酒店房间里等她出现。三天之后出现了一个女人，但是，那个女人弄错了。这个事件有背景。

《图书馆奇谈》：“我”待在寂静无声的图书馆里，因为想调查奥斯曼土耳其帝国的纳税政策，结果被关在图书馆地下的阅览室里。“我”在那里遇见“羊男”和送晚餐的哑女。

《象厂喜剧》（新潮文库）收录

《卡迪萨克为自己做的广告》

《圣诞节》：生来第一次给我买立体声收录机时带了一张宾·克劳斯比的唱片。那是灌了 4 首歌曲的袖珍唱片，有《白色圣诞节》《铃儿响叮当》《圣母颂》《平安夜》。在 20 余年前，有 4 首圣诞节歌曲足矣。1960 年 12 月，“我们”都很单纯和快乐，很中产阶级。而且，宾·克劳斯比会反复多次地唱《白色圣诞节》。

《某种咖啡的喝法》：我 16 岁，外面下着雨。在温顿 · 凯利的钢琴曲流淌的下午，女招待放咖啡杯弄出的声响长久留在耳畔。我追溯那座海港城市和咖啡馆的记忆，真正喜欢的或许并非咖啡本身的味道，而是有咖啡的风景。在论及咖啡的文章中，我最喜欢理查德 · 布劳提根在某处写的“有时人生就是一杯咖啡带来的温暖的问题”。

《阅读约翰 · 厄普代克的最佳场所》

FUN、FUN、FUN

《钢笔》：偏离正街的老商业街正中央的钢笔作坊，定制钢笔必须持有介绍信，而且既费时间又费钱。不过，因为朋友说这里可以定制适合自己的梦幻般的钢笔，我就来了。主人 60 岁上下，测量了我的手指长度、粗度、皮肤油性、指甲硬度、残留的伤痕并记录在册。而且，他还让我脱衣查看了脊柱。三个月后，适合我使用的梦幻般的钢笔制作完毕。

《我的名字叫阿切尔》：罗斯 · 麦克唐纳死了。我想，一个流派终结。对于作家，得到这样的评价而死或许相当于一枚勋章。我生来初次购买的英语平装书中就有他的短篇集《我的名字叫阿切尔》。他晚年的作品在日本评价不太高，但我由衷哀悼他的死。

《生活中的一天》：我在象厂工作。早上等公交车去上班时，一位陌生阿姨问我要去象厂吗。我在两周前刚刚搬到这里，没有告诉任何人我在象厂工作，她竟知道让我感到不可思议。在公交车到来之前，我跟阿姨聊了象厂和选举的事情。我下车后，看到象厂门口有门卫查验就业卡。象厂特别重视秩序。然后，我换上工作服开始了象厂的一天。

《双胞胎镇的双胞胎节》：我以前就对双胞胎很感兴趣。美国克利夫兰市郊有个双胞胎镇，每年都举行双胞胎节，有很多双胞胎参加这个节日。前几天看报纸，一对双胞胎地痞向变卖衣物维生的人勒索钱财。双胞胎地痞好像也挺厉害。

《我的运动鞋故事》："运动鞋"这个名称并不准确，"Sneaker"是指"卑劣之人"。我仔细查阅发现，"运动鞋"由住在波士顿名叫詹姆斯·P. 布拉德利的马具师发明。据说，布拉德利是位奇特的人物。他坚持研究胶底蹄掌，完成了胶底鞋哥白尼式的、冈本太郎式的转变。而且，上述故事是 1982 年我考虑是谁发明了运动鞋最后撒的谎。

《镜中的晚霞》

《在萨沃伊踏舞》：地点在上城，而且是那条雷诺克斯街。周六晚 9 点到周日早 8 点去那里跳舞吧！舞名就叫"早餐舞"，反正就是摇摇摆摆。"萨沃伊"是 20 世纪 30 年代最辉煌的舞厅。今晚是每月数次的特惠晚场，不管你们能跳多长时间，阵容完整的四支乐队都会奉陪。早晨一出门就是贫民街，但那只不过是硬币的另一面。那些音乐就是从哈莱姆区人们心中产生出来的。

《村上春树朝日堂超短篇小说·夜半蜘蛛猴》（平凡社、新潮文库）收录

一

《圆号》：我坐在音乐厅的座位上开始考虑，圆号演奏者为什么会在那么多乐器中选择了圆号呢？而且，我想象演奏者某日下午在森林深处偶遇圆号的场面。当时，演奏者与圆号是不是这样交谈过。但是，我又想到了与此相同，自己成为小说家对于圆号演奏者来说会不会也是不可思议的事情？我把玩着这样的想法，又开始考虑大号演奏者的情况。

《铅笔刀（或幸运的渡边升①）》：我在厨房餐桌旁工作，发现正巧来修水管的渡边升不时地瞟一眼铅笔削。他修完水管后对我说：“你的铅笔削很好嘛。”他是铅笔削收藏家。虽然桌上的那个看上去破旧不堪，毫无价值，但在收藏家眼中好像具有相当高的价值。后来，我接受渡边升的建议，用这个旧铅笔削换了他新的铅笔削。这是人生中真正难得见到的幸运。

《胡里奥·伊格莱西亚斯》：我和她被海龟盯上了。此前有海龟最厌恶的蚊香平安无事，而现在已没有蚊香了。我虽然想过邮购，可电商公司的电话和邮件都无法使用。一筹莫展。后来我突然想起播放胡里奥·伊格莱西亚斯的歌。我们准备好胡里奥·伊格莱西亚斯的《跳起比根舞》等待夜晚到来。海龟刚出现我就播放歌曲，海龟痛苦不堪。我们战胜了海龟。我虽然也不喜欢胡里奥·伊格莱西亚斯，但还不至于像海龟那样厌恶。

《时空穿越舱（或幸运的渡边升②）》：我正吃蜜橘时渡边升来了。他是自来水管修理工，所以我说没请求过修理水管。他说要用新型时空穿越舱换我的旧型号。我虽然没那个物件，但还是开玩笑说——“可以啊”，让他进屋，并给他看了放着蜜橘皮的电暖被炉桌。可是，他认真地检查后说这是绝品。我同意他的请求以旧换新。我返回屋内继续吃蜜橘。

《炸肉饼》：我正在家忙工作，有位十八九岁的女孩来访。她说来送岁暮礼，我准备取图章收件，可她却说不是那么回事。听解释是某大出版社派来的“岁暮礼”性工作者。出版社把我此前的醉酒玩笑当了真。当时我正忙工作，也没那个心思，就想拒绝她，可那女孩居然哭了起来。困惑之余，我只好叫那女孩帮我做了炸肉饼。不管怎样，炸肉饼是我的最爱。

《扑克牌》：为赶走海龟而播放的胡里奥·伊格莱西亚斯唱片全部磨完了。这样一来，我们已无法保护自己。虽然她提出过各种建议，但全都无效。我很明白这一点。可我太累了，想象力完全停止运转。无法可想。我们暂歇喝茶。这时海龟来了。不知何故，海龟嘴上叼着扑克牌。从那以后，我们每晚都玩“五十一分”。虽说并非特别有趣，但总比被海龟吃掉好。而且，我们也不怎么爱听胡里奥·伊格莱西亚斯的歌。

《报纸》：我听说地铁银座线里大猿猖獗活动之后已过数月。自己受害较少，却也目击过“大猿的诅咒”。从表参道驶往虎门，列车在接近赤坂见附近时仍如往常照明熄灭瞬间，随即又亮起来。这时，我身旁那个男子看的报纸文字颠倒。那男子对我说，政府都在做些什么呀！我也觉得这种状况长久延续令人困惑。

《面圈化》：两年前，考虑与我订婚的她面圈化了。一旦面圈化就不能复原，我听从妹妹的劝导给她打电话提出分手。可她却不同意，说：“我们人类存在的中心就是虚无。”面圈化的人只能胸怀这种褊狭的观念。不过，去年春天，妹妹也突然面圈化了。她如今天天以泪洗面，说：“人类存在的中心是虚无。”

《反命题》：去年到婆罗洲渔猎反命题的伯父寄来明信片。据称，近年来即使在当地，长达 8 米被称作大家伙的反命题也渐渐消失。他自己捕获的显然属中等，但让当地人说也算是奇迹了。父亲捕获的超大型是在 1966 年，也是伯父年富力强的时期，那真是堪称大航海时代的幸福时期。当今我们在法国菜馆里几乎看不到真正的反命题了，即使能碰到也只是干得掉渣的冷冻品。

《鳗鱼》：凌晨 3 点半，笠原 may 打来电话。我和鳗鱼都陷入沉睡的泥沼中，电话铃声把我吵醒。笠原 may 自顾自地说话，我提醒后才发现电话打错了。在笠原 may 道歉并挂断电话后，我想到笠原 may 现在正要找什么人。然后，我也同样在睡眠的泥沼中寻找鳗鱼了。

《高山典子桑与我的性欲》：我在此前的人生路上与很多女性并肩走过。但是，我从未见过比高山典子桑走得更快的女性。她以蛮不讲理的疾速行走在姑且称为东京的地面。因为她走得太快，我就以为其原因是她不想跟我在一起，或者至少也是想通过消耗我的体力减弱我的性欲。然而最后我才明白她并无恶意。我知道后深感欣慰。

《章鱼》：渡边升给我寄来画着章鱼的明信片，上面写着：“女儿承蒙关照，下次一起去吃章鱼吧。”我虽不记得有此事，但还是画了斑鸫并回复说可以。但是其后却没收到回信。过了一段时间又寄来一张明信片，这回画的是翻车鱼，并且说很难赞同我的性价值观。我对此也毫无印象。他又把我跟其他人搞错了。

《虫窪老人的袭击》：晚饭前，街坊邻居无人不知的虫窪老人来到我家，突然谈起了年轻姑娘的处女性，甚至问我正在做的是什么饭菜。而我觉得，这与处女性同样没理由让他说三道四。不过他说完想说的话就会走，为了不惹麻烦我就忍耐片刻。等他走后我忽然想到，如此说来最近很少看到处女了。

《扳钳》：真由美以前曾被搭讪的男子强行挟往汽车旅馆，当时她拿起身旁的扳钳砸碎了那男子的锁骨。从那以后她就随身携带扳钳。并且至今已砸碎过三个男子的锁骨。她满不在乎地说："世上也有理应被砸碎锁骨的家伙哦。"我回答说："那倒也是。"却觉得她的想法实在难以理解。

《再谈面圈》：上智大学面圈研究会问我能否参加研讨会。我因关于面圈的一家之言而出席了研讨会。但除我之外还有著名文化人类学者等参加。其后，我与在面圈比赛中认识的法国文学科女生一起去喝酒，交谈中我开玩笑说"面圈就是我"。我相当善于逗笑法国文学科女生。

二

《夜色阴云》

《为很久以前国分寺的爵士咖啡馆做广告》：首先，这里可不是"男女老弱请随便进”的地方，空调不完善，播放爵士乐的音量会令某些人不适，乐队里艺术家的水平也参差不齐。店主四年后获得了文艺杂志新人奖。但这事还无人知晓。请别责怪店主。

《马儿卖票的世界》：我问父亲，人死之后去了哪里？父亲说，去马儿卖票的世界，乘上电车吃鱼糕筒、海带卷、圆白菜丝的盒饭。我问，然后呢？父亲说，然后再乘电车。我撒娇地说，然后又是吃盒饭吧？我可不想吃那种盒饭！这时父亲变成了马儿。我害怕地哭了起来，可过了片刻马儿又变回了父亲。父亲说，咱们去吃麦当劳吧！我就不哭了。

《曼谷惊奇》：有人向我这里打电话，可打电话的人我根本不认识。她是因为打别人的电话无人接听就拨了相邻下一位数字的号码。她直到昨天还在曼谷，在那里遭遇了“惊奇万分的事情”，特别想向接电话的人讲述。可我是个 37 岁的男性，她似乎难以启齿，到最后我都没能听她说出那件事。

《啤酒》

《谚语》：真正的猴子从真正的树上掉了下来。可是，他并不掌握向那猴子打招呼的语言。反正，即使提醒它——“猴子也有从树上掉下来的时候”，这个谚语毕竟是比喻，所以真的发生“猴子从树上掉下来”的时候就不能用。

《结构主义》：我绝不是路痴。实际上我在青山区和涩谷区都不会迷路，在银座也从未迷路过。但是不知为何，到了六本木就会迷路。所以请别问我任何与六本木有关的事情，也别问我任何关于结构主义的问题。

《萝卜泥》：邋遢的骆驼男用托盘端着饭菜沿地下室台阶走下来。那是给监禁在地下室的“我”送的饭菜。骆驼男告诉“我”：“给夫人倒茶水时眼中流露出想象口交的神态，所以被指认‘染指夫人’就被拘禁了。但是，我真的没有那样。因为，其实我当时想的是萝卜泥。”

《留言电话》：我很厌烦留言电话，所以当我听说母亲安装了那东西，就乘电车去母亲家发牢骚。我摁响门铃时，音似母亲的留言电话就出来了。电话说：“我不在家，有事请留言。”我就狠狠地骂了一通。过了片刻，我反省自己说得有些过火，就又说了一些安慰的话。于是，像似母亲的留言电话默默地摇头答道：“不必介意。”母亲又问：“有羊羹你吃吗？”我就决定吃羊羹了。

《长筒丝袜》：一位25岁的男子走进大楼某室，把皮包放在桌子上，并从中取出一打左右的长筒丝袜和大型收录机，最后又取出五六包香烟，吞云吐雾两三回。这时有电话问：“你养猫了吗？”他回答说：“没养。”这时响起了敲门声，出现一位系着红领结的小个子秃顶男人，把揉成团的报纸忽地伸到他面前说了句话……那么，他说的是什么呢?

《牛奶》：卖牛奶者招呼顾客，您是来买牛奶的吧? 我在这里卖了24年牛奶，所以一看便知。不过，我实在不想卖给你。每过两三年就会出现一个这样的人，而这回就是你。卖牛奶者说完这话就发出瘆人的大笑声。

《好新闻》

《高效竹马》：星期天临近中午时分，有竹马来到我这里说它是“高效竹马”。我问竹马怎样高效，它却反问我“你读过小林秀夫吗”，我回答说毕业于理工类大学，没读过那东西。竹马表情不悦地打了个响鼻。我问有什么事，竹马说想了解世人对竹马的认知度。我为自己的无知道歉，竹马愤愤离去。

《动物园》：星期天，公一郎和须贺子来到动物园。他觉得就是要在动物园这样的场所谈论双方生命与意识的问题。可是，须贺子在鼻子上吊着手环玩“牛”的游戏根本不予理睬。当她用“我们交换人格吧”这种稍有难度的话语向公一郎建议时，此前一直在斥责须贺子的他完全变成了马儿四蹄着地在周围跑，反倒是须贺子斥责他了。

《印度店主》：大约每两个月印度店主就来我家一次。这是一位双眼炯炯有神的男子。他查看了橱柜就责怪我母亲说“你使用印度货太少了”，还说“你要是真的爱孩子就必须多使用印度货”。我母亲辩解说，最近巴厘店主也来呢。这时印度店主歇斯底里地叫喊必须使用印度货。结果，母亲又被迫买了印度货。

《天花板内》：正月某日，妻子提到天花板里面住着小矮人。可是，就连妻子也只知道小矮人的名字叫直美。我查看了天花板里面，什么都没有。妻子说那是因为你看不见小矮人，我说你可能是心理作用。但是过了好几天，妻子依然提到小矮人，我就又查看了天花板里面，只见那里有个12厘米的小矮人。相貌与妻子一模一样，体形却像狗。我叱骂了小矮人并从天花板里下来。可这已经不是我的家，既没有妻子也没有正月了。

《毛肖毛肖》：星期一我为保乔保乔做了好事，星期三毛肖毛肖就来我这里道谢。说了一通感谢的话后，毛肖毛肖递上礼品库俩库俩。我不太喜欢携带库俩库俩，后来跟保乔保乔征询意见，对方说请一定收下。所以，我最近每天都在使用。一旦开始用就感觉比想象的好很多，似乎离不开了。

《暴雨将至》：曾在国分寺居住的我乘电车去相邻车站面包店。我当时年仅20余岁，对议会制民主主义心怀不信任感，从未投过票。我忽然发现车票丢了，在检票口说明情况后站务员脸色难看，还说丢车票的乘客都会申明只坐了一站。从那以后的近 20 年间，我遭遇过很多不快之事，但与此事相比都不足挂齿。

《撒谎大王》：她是日本人，号称“撒谎大王妮可儿”，特别善于撒谎。她常来我这儿玩，有一次提起她有三个乳房。我想她是在撒谎。她说给她 10000 日元她就让我看。我刚刚收到稿费，便同意了。可房间里有些昏暗看不太清楚，我就要求重新确认否则不付钱。此时快递员来了，我不得不把钱给了她。不过，我认为那第三个貌似乳房的物体是黏土制成。

《火红的罂粟》：我想得给母亲捶捶肩膀就来到外廊，母亲却不见了踪影。院里火红的罂粟花正哈哈大笑。我盘问罂粟花，越问罂粟花笑声越大，我也禁不住跟着笑起来。罂粟花终于笑得抽了筋，腹部开始扭动，这时母亲从其口中腾地跳了出来。我顿时目瞪口呆。母亲从很久以前就特别逗乐。

《夜半汽笛或故事效用》

《早上就唱拉面歌》：美味干笋加叉烧，早餐拉面乐陶陶。热气腾腾香喷喷，你我有它不烦恼。吃掉紫菜又喝汤，今天依然心情好。我的兄弟姐妹们，拉面有吃不烦恼。

其他

《三个德意志幻想》（《萤·烧仓房·其他短篇》新潮社，1984.7；新潮文库，1987.9）

《生日女孩》（《生日系列》，中央公论社）

《螃蟹》（《盲柳与睡女》，新潮社，2009.11.25）：某对男女在新加坡找到一家能吃到螃蟹的餐厅。女子说“人生须有吃美食之时，否则会发生骤变”。两人天天都去那家餐厅，数日后的某个夜晚，男子醒来呕吐，胃里反呕出的蟹肉上爬着无数虫子。这时他才知道，自己进入了与此前截然不同的世界。

《无爱世界》（《村上春树杂文集》，新潮社，2011.1.30）：瑠美问母亲“战后民主主义”是怎么回事，母亲回答说战后民主主义就是过去松笠桑从印度带进来的魔法袜子，人只要穿上它念咒语，就能腾云驾雾去任何地方。瑠美又问那种袜子在伊势丹商厦能不能买到，母亲回答说松笠桑已经奉印度国王之命回国了，从那以后人们再也飞不起来，世界就充满了没有爱情的性行为。

《柄谷行人》（《村上春树杂文集》，新潮社，2011.1.30）：退休老人说，相邻空地的围墙变成篱笆是因为主人有意炫耀自己有一匹读书的马儿。而且那不是一般的书，而是柄谷行人的书。可是，身为一匹马儿居然敢说些艰深难懂的话语，所以主人也感觉瘆得慌。于是，那马儿还没来得及据理力争就被处置了。

《草丛里的野鼠》（《村上春树杂文集》，新潮社，2011.1.30）

村上春树全作品目录

- 《且听风吟》，讲谈社，1979.7（讲谈社文库，1982）
- 《1973年的弹子球》，讲谈社，1980.6（讲谈社文库，1983.9）
- 《Walk, don't run 村上龙VS村上春树》，讲谈社，1981.7
- 《梦里相会吧》，冬树社，1981.11（讲谈社文库，1986.6）（《合著·糸井重里》）
- 《寻羊冒险记》，讲谈社，1982.10（讲谈社文库，1985.10；新装版，2004.11）
- 《去往中国的慢船》，中央公论社，1983.5（中公文库，1986.1）
- 《袋鼠佳日》，平凡社，1983.9（讲谈社文库，1986.10）
- 《象厂喜剧》，CBS索尼出版，1983.12（新潮文库，1986.12）；讲谈社，1999.2
- 《波画波语》，文艺春秋，1984.3
- 《萤·烧仓房·其他短篇》，新潮社，1984.7（新潮文库，1987.9）
- 《村上朝日堂》，若林出版企画，1984.7（新潮文库，1987.2）（《合

著·安西水丸》)

- 《世界尽头与冷酷仙境》,新潮社,1985.6(新潮文库,1988.10);新潮社,1999.5;新潮社,2005.9
- 《旋转木马的鏖战》,讲谈社,1985.10(讲谈社文库,1988.10)
- 《羊男的圣诞节》,讲谈社,1985.11(讲谈社文库,1989.11)
- 《电影冒险记》,讲谈社,1985.12(《合著·川本三郎》)
- 《再袭面包店》,文艺春秋,1986.4(文春文库,1989.4)
- 《村上朝日堂的反击》,朝日新闻社,1986.6(新潮文库,1989.10)
- 《朗格罕氏岛的下午》,光文社,1986.11(新潮文库,1990.10)
- 《碎片,怀念1980年代》,文艺春秋,1987.2
- 《日出之国的工厂》,平凡社,1987.4(新潮文库,1990.3)
- 《挪威的森林》,讲谈社,1987.9(讲谈社文库,1991.4;新装版,2004.9)
- 《舞!舞!舞!》,讲谈社,1988.9(讲谈社文库,1991.12;新装版,2004.10)
- 《村上朝日堂嗨嗬!》,文化出版局,1989.5(新潮文库,1992.5)
- 《电视人》,文艺春秋,1990.1(文春文库,1993.5)
- 《村上春树全作品1979—1989①且听风吟·1973年的弹子球》,讲谈社,1990.5
- 《远方的鼓声》,讲谈社,1990.6(讲谈社文库,1993.4)

- 《狗仔队》，作品社，1990.6
- 《村上春树全作品 1979—1989 ②寻羊冒险记》，讲谈社，1990.7
- 《雨天炎天》，新潮社，1990.8（新潮文库，1991.7）
- 《村上春树全作品 1979—1989 ③短篇集Ⅰ》，讲谈社，1990.9
- 《村上春树全作品 1979—1989 ④世界尽头与冷酷仙境》，讲谈社，1990.11
- 《村上春树全作品 1979—1989 ⑤短篇集Ⅱ》，讲谈社，1991.1
- 《村上春树全作品 1979—1989 ⑥挪威的森林》，讲谈社，1991.3
- 《村上春树全作品 1979—1989 ⑦舞！舞！舞！》，讲谈社，1991.5
- 《村上春树全作品 1979—1989 ⑧短篇集Ⅲ》，讲谈社，1991.7
- 《国境以南，太阳以西》，讲谈社，1992.10（讲谈社文库，1995.10）
- 《沉默》，全国学校图书馆协议会，1993.3
- 《终将悲哀的外国语》，讲谈社，1994.2（讲谈社文库，1997.2）
- 《奇鸟行状录第一部贼喜鹊篇》，新潮社，1994.4（新潮文库，1997.10）
- 《奇鸟行状录·第二部预言鸟篇》，新潮社，1994.4（新潮文库，1997.10）
- 《浪漫图书集②无用的风景》，朝日出版社，1994.12（中公文库，1998.8）
- 《夜半蜘蛛猴·村上朝日堂超短篇小说》，平凡社，1995.6（新

潮文库，1998.3）

- 《奇鸟行状录·第三部捕鸟人篇》，新潮社，1995.8（新潮文库，1997.10）
- 《村上朝日堂周报·旋涡猫寻觅法》，新潮社，1996.5（新潮文库，1999.3）
- 《列克星敦的幽灵》，文艺春秋，1996.11（文春文库，1999.10）
- 《村上春树去见河合隼雄》，岩波书店，1996.12（新潮文库，1999.1）（《合著·河合隼雄》）
- 《地下》，讲谈社，1997.3（讲谈社文库，1999.2）
- 《村上朝日堂是如何锻造的》，朝日新闻社，1997.6（新潮文库，1999.8）
- 《为了年轻读者的短篇小说指南》，文艺春秋，1997.10（文春文库，2004.10）
- 《爵士乐群英谱》，新潮社，1997.12
- 《边境·近境》，新潮社，1998.4（新潮文库，2000.6）
- 《边境·近境——摄影篇》，新潮社，1998.5（新潮文库，2000.6）（《合著·松村映三》）
- 《暄腾腾》，讲谈社，1998.6（讲谈社文库，2001.12）
- 《CD·ROM版村上朝日堂·梦幻冲浪城》，朝日新闻社，1998.7
- 《在约定的场所地下2》，文艺春秋，1998.11（文春文库，2001.7）
- 《斯普尼克的恋人》，讲谈社，1999.4（讲谈社文库，2001.4）

- 《如果我们的语言是威士忌酒》，平凡社，1999.12（新潮文库，2002.11）
- 《神的孩子都跳舞》，新潮社，2000.2（新潮文，2002.3）
- 《对了，问问村上先生吧——众人砸向村上春树的282个大疑问他能解答清楚吗》，朝日新闻社，2000.8
- 《またたびあびたタマ》，文艺春秋，2000.8
- 《翻译夜话》，文春新书，2000.10（《合著・柴田元幸》）
- 《悉尼》，文艺春秋，2001.1《悉尼！（考拉纯情篇）》《悉尼！（小袋鼠热血篇）》，文春文库，2004.7
- 《CD・ROM版村上朝日堂・斯梅尔加科夫对织田信长家臣团》，朝日新闻社，2001.4
- 《爵士乐群英谱2》，新潮社，2001.4
- 《村上收音机》，MAGAZINE HOESE，2001.6（新潮文库，2003.7）
- 《（DVD + BOOKLET）百分百女孩/袭击面包店》，成隆出版，2001.11
- 《海边的卡夫卡》，新潮社，2002.9（新潮文库，2005.2）
- 《村上春树全作品1990—2000①》，讲谈社，2002.11
- 《村上春树全作品1990—2000②》，讲谈社，2003.1
- 《村上春树全作品1990—2000③》，讲谈社，2003.2
- 《村上春树全作品1990—2000④》，讲谈社，2003.5
- 《少年卡夫卡》，新潮社，2003.6

- 《翻译夜话②塞林格战记》，文春新书，2003.7（《合著·柴田元幸》）
- 《村上春树全作品 1990—2000 ⑤》，讲谈社，2003.7
- 《村上春树全作品 1990—2000 ⑥》，讲谈社，2003.9
- 《村上春树全作品 1990—2000 ⑦》，讲谈社，2003.11
- 《半夜爵士乐》，新潮文库，2004.2.1（合著：和田诚）
- 《爵士乐群英谱》，新潮文库，2004.2
- 《天黑以后》，讲谈社，2004.9（讲谈社文库，2006.9）
- 《图书馆奇谈》，讲谈社，2005.1（讲谈社文库，2008.1）
- 《东京美食家俱乐部·地球走失法》，文艺春秋，2004.11（文春文库，2008.5）（《合著·吉本由美·都筑响一》）
- 《象的失踪短篇选集 1980—1991》，新潮社，2005.3
- 《没有意义就没有摇摆》，文艺春秋，2005.11（文春文库，2008.12）
- 《东京奇谭集》，新潮社，2005.9（新潮文库，2007.12）
- 《这些话得跟村上先生说说——众人砸向村上春树的 330 个问题他能解释清楚吗》，朝日新闻社，2006.3
- 《尝试用村上方式做做看——众人砸向村上春树的 490 个问题他能解释清楚吗》，朝日新闻社，2006.11
- 《最初的文学·村上春树》，文艺春秋，2006.12
- 《村上歌留多追兔子法国人》，文艺春秋，2007.3
- 《当我谈跑步时我谈些什么》，文艺春秋，2007.10（文春文库，2010.6）

- 《1Q84 BOOK1》，新潮社，2012.4.1
- 《1Q84 BOOK2》，新潮社，2012.5.1
- 《盲柳与睡女》，新潮社，2009.11
- 《1Q84 BOOK3》，新潮社，2012.6.1
- 《每天早上为了做梦而醒来·村上春树采访集 1997—2009》，文艺春秋，2010.9（《文春文库》，2012.9.10）
- 《眠》，新潮社，2010.11
- 《村上春树杂文集》，新潮社，2011.1（新潮文库，2015.11.1）
- 《大萝卜、难度鳄梨·村上广播剧 2》，杂志屋，2011.7（新潮文库，2013.12.1）
- 《为了做梦我每天早上都醒来——村上春树采访集》，文艺春秋，2010.9（文春文库，2012.9）
- 《村上春树·小泽征尔关于音乐的对话》，新潮社，2011.11（新潮文库，2014.6）
- 《喜欢吃沙拉的狮子》，杂志屋，2012.7（新潮文库，2016.5.1）
- 《袭击面包屋》，2013.2.25（《合著：卡特·梅西克》）
- 《没有色彩的多崎造和他的巡礼之年》，文艺春秋，2013.4（文春文库，2015.12.10）
- 《恋情·TEN SELECTED LOVE STORIES》，中央公论新社，2013.4（中公文库，2012.4.1）
- 《没有女人的男人们》，文艺春秋，2014.4.18（文春文库，2016.10.10）

- 《图书馆奇谈》，新潮社，2014.11.27（《合著：卡特·梅西克》）
- 《村上先生家》，新潮社，2015.7（新潮文库，2018.5.1）
- 《作为职业小说家》，开关·公众化，2015.9（新潮文库，2016.10.1）
- 《老挝到底有什么？》，文艺春秋，2015.11.21（文春文库，2018.4.10）
- 《刺杀骑士团长》，第一部出色的想法编，2017.2.25（新潮文库，2019.3.1）
- 《刺杀骑士团长》，第二部变迁隐喻编，2017.2.25（新潮文库，2019.4.1）
- 《村上春树翻译全集》，中央公论新社，2017.3.17
- 《水滴飞向黄昏——川上未映子问、村上春树答》，新潮社，2017.4.27（《合著：川上未映子》）
- 《情妇》，新潮社，2017.11.27（《合著：卡特·梅西克》）